그는 금빛날개를 타고 갔다

그는 금빛날개를 타고 갔다

임정태·이기숙

산지니

내가 쓰지 않으면
그를 보낼 수 없을 것 같았다

그와의 삶을 온전히 기억하고 싶었다
그리고 나도 위안을 받고 싶었다

임정태(林政太)는 1950년 9월 8일, 부산에서 4남
1녀의 막내로 태어나, 부산 전포초등학교, 부산중학교,
부산고등학교, 부산대학교를 졸업하였다. 군 복무 후
여러 사업체를 거쳐 1996년부터는 경상남도 양산시에
위치한 '(주)한영인더스트리'에서 근무하였다. '한영'은
그의 자부심, 그 자체였다.

1975년 결혼하여 딸과 아들을 두었으며, 사위, 며느리와
외손, 친손을 다 가진 다복(多福)한 사람이었다. 그는
활달하지만 가끔은 낯을 가리는 예민한 부분도 있는,
자상하고 판단력이 빠른 사람이었다. 운동을 매우
좋아하였다.

2022년 12월 8일, 그는 갑자기 (질병으로) 사망하여
우리를 놀래키었다.

**그가 떠난 지 100일째 되는 날부터 글을 적기
시작하였다.**
그의 인생이 연기(煙氣)처럼 사라질까 봐, 우리가 그냥
그를 잊을까 봐 걱정이 되었다. 그가 평생토록 사랑했던
내가, 그의 삶을 실체화해서 마감해야겠다는 생각이
들었다.

일상(日常)을 놓아 버린 며칠[초상(初喪)이란 의례(儀禮)들을
치른 시간들]이 지나고 나니 주섬주섬 여기저기서 그가
떠올랐다. 그를 잃어버리면 안 된다는 생각으로 메모를
하였다. 메모란 문득 떠오른 단어나 어떤 이미지
같은 한 장면들이었다. 내 마음은 온통 '아까운 것을
잃어버린, 그 마음'이었다. 그는 내가 죽을 때까지 내
마음에서 사그라지지 않을 것이지만, 그래도 사라져
버린 그를 온전히 기억하고 싶어 그의 이야기를, 그에
대한 추억들을 묶어 보았다. 이 책은 다음에 나랑 같이
화장(火葬)되면 될 것이다.

그는 좋은 배우자, 존경받는 아버지, 손주들이

사랑한다고 속삭였던 할아버지였다. 또 형님과 형수님, 그리고 사촌과 조카들 ― 그 피붙이들을 참 좋아했다. 그 위에 회사생활이나 친구관계에서 그를 좋아해 주셨던 분들이 계신다. 이 좋은 분들과 더 지내도 되는데 뭐가 그리 급했을까? 누가 그를 데리고 갔을까? 우린 아무도 그를 밀치지 않았는데, 제풀에 당겨서 올라가 버렸을까? 납득이 안 가 억지로 그냥 받아들였다. 그가 먼저 저 계단 너머로 사라져 버렸다고... 이젠 내 옆에 없다고...

적은 글들을 몇 개로 나누어 보았다.
먼저 그가 우리 곁을 떠나려는 그 즈음의 글들이다. 너무나 갑자기 가 버린 그였기에 뭐가 잘못되었는지 생각하고 또 생각했지만 답은 없었고, 나는 빈 마음으로 사심없이 그를 보냈다.

그 다음은 그의 72년 3개월의 인생 이야기이다. 그가 어떤 기록도 남겨 두지 않았기에 내가 인지하는 범위 안에서 그의 삶을 구성해 보았다. 먼저 그의 연보(年譜, 부록 참조)를 만들고 그걸 바탕으로 그의 삶에서 뭔가가 생각이 키워지면 적어 보았다. 그의 사회생활에 대한 기록이 없어 생전에 그가 내게 해 준 이야기들을 회상하면서 적었고, 주로 가족을 중심으로 그의 생애를 정리하였다.

마지막 부분은 그가 사라진 뒤의 내 마음들이다. 그와
함께한 50여 년의 추억들, 마지막으로 그가 남긴 먹물
같은 그림자인 슬픔들을 적어 보았다. 그는 이제 없지만
그래도 행복하게 살아가야 하는 나의 의지도 적어
보았다.

글들은 길지 않다. 긴 글들이 아니라서 오히려 다양한
사념(思念)들을 표현할 수가 있었다. 불쑥불쑥 하루 몇
번씩이나 다른 기억들이 보이곤, 사라지곤 했다. 200여
쪽의 얇은 책이라도 그에게 바치는 좋은 선물이라
생각했다. 이 책은 죽은 그에게 드리는 나의 네 번째
선물이다 — 첫 선물은 장례식, 두 번째 선물은 49재.
세 번째는 그의 묘지 단장. 마지막 선물이라고 적지는
못하겠다. 무슨 일이 또 생길런지...

표지의 그림은 손녀 채림(18세)의 작품이다.
그의 사진들은 여전히 나를 설레게 한다.

그가 간 지 200일째쯤 원고를 출판사에 넘겼다.
365일째쯤 책이 나오면 좋겠다 싶어 더 들고 있을 수도
없었다. 산지니 출판사에 감사드린다.

차례

1부
그가 나를 떠나려 한다

나를 보지도 못하다니

2022년 12월 1일. 중환자실로 오라는 연락이 왔다.
급히 아들과 분당 S대학병원 중환자실로 들어섰다.

그는 이미 만신창이 상태였다.
수많은 검사장치들로 연결된 그의 몸은 낯설었다.

'여보' 하고 몇 번을 부르니, 아래 턱이 조금 움직였다.
바로 내 눈에서 눈물이 좌르르 흘렀다.
아들은 그이의 발을 내내 만졌다.
의식은 있는 듯하였다. 5, 6분 그를 바라보았다.

그래도 그 당시만 해도 그가 죽을 것이라곤
전혀 생각하지 못했다.
'여보, 사랑해'
'밖에서 기다리고 있을게'라고 말하곤 나왔다.

중환자실 앞 풍경은 또 다른, 사람 사는 세상의
모습이었다. 다음 날 아들은 직장 때문에 부산으로
내려가고, 미국에 사는 딸이 부랴부랴 들어왔다. 어릴
적부터 우리 아이들은 '엄마가 좋니, 아빠가 좋니'라고
물으면 늘 '아빠가 좋아'라고 답하였다.

그 다른 풍경 속에 하염없이 앉아 있는 것밖에 내가
할 일이 없었다. 매일 만나는 담당의의 설명을 다
이해하지는 못하지만 상태가 점점 오리무중인 것 같았다.

당신이 점점 사라지는 것을 바라보며

그는 나쁜 몸을 가지고 있었다.
왜 그의 몸은 그런 반응을 보이는 것일까?

담당교수님은 왜 그가 이런 상태인지를 그림까지 그려
가면서 친절히 말씀해 주신다. 이런 경우에는 이런
처치를, 저런 경우에는 저런 처치를 하는데... 아버님은
이런저런 처치가 다 안 받아들여지고 있어서...라고
하셨다.

속수무책인 듯 싶었다.
70년 삶의 궤적이
결과적으로 그의 몸에서 그런 반응을 나타내니...
누구를 탓할 일도 아니었다.
의료진은 그래도 끝까지 힘을 주셨다.

그가 나를 여기 두고 혼자 가 버린다는 생각이 들었다.
'당신을 두고 어찌 먼저 가겠노...'라 하더니...
어찌 이리 엉클어지지...
오만 가지 생각이 다 들었다.

중환자실 앞에서 열심히 네이버 자료들을 읽어 보니,
이미 그 병의 징후들이 그에게 있었음을 어렴풋이 알게
되었다. 그나마 밥 잘 잡숫고, 매일 운동하러 나가고,
골퍼 스코어가 인생 최고 점수를 보인다고 좋아했으니...
짐작도 못 했다. 몇 가지 증세에 대해서는 나이 70에
들어선 늙은 남자의 징후려니 하고 여긴, 우리의
무지였다. 물론 주위에서 정밀 검사들을 받는다는
이야기를 들었고 나도 몇 번 권했지만 그는 자기는
괜찮다고 했다. 정말로!

그를 위한 기도

중환자실 앞에서
'여보 사랑해, 걱정 말고, 먼저 가 계세요...'를
수없이 반복했다.
그의 몸이 이 세상을 떠나려고,
이미 다른 줄에 섰다고 느껴졌다.

그리곤 병실 앞 의자에서
익숙한 시편(詩篇)의 이 기도문*을 웅얼거렸다.
그이 옆에서 소리 내어 들려주고 싶지만,
중환자실 여건이 그러하지 못하였다.

......그가 인도하시는 길은 언제나 곧은 길이니
비록 음산한 죽음의 골짜기를 지날지라도
곁에 주님 계시오니 무서울 것 없어라.

아마도 당신 위해 상을 차려주시고
머리에 기름 발라주시고
잔 넘치도록 주시리라.

한평생 주님의 은총과 복으로 지냈듯이
거기에서도 영원히 주님 곁에 계세요. 아멘.

* 성경 시편 23편에서 가져온 나의 기도.
나는 '기독교인'이지만 그가 교회를 전혀 나가고 싶어
하지 않아서 언제부터인가는(굳이 핑계를 들자면 교회가
내부갈등으로 시끄러워지는 걸 보고?) 나도 나가지
않았다. 그러나 그는 나의 기도에는 귀 기울였으며,
좋아한 M목사님에게는 '기도해 주세요'라고 능청스럽게
부탁도 드리곤 했다.

그가 했을 듯한 기도

내가 듣지는 못했지만,
아마도 그도
가물거리는 의식 속에서 이런 기도를 했으리라 믿고 싶다.

아, 이제 저는 이 세상과 헤어지는가 봅니다.
내가 태어난 그 곳으로 다시 돌아가는가 봅니다.
호흡이 멈추면
나는 나에게 비추어지는 그 밝은 빛을 따라
나를 인도하시는 그 분을 따라 가겠습니다.

이제 저는 이 세상에 아무런 집착도 가지지 않겠습니다.
충분히 사랑했고 사랑받았습니다.
진리의 이치대로
나를 다시 이 세상으로 보내주신다면
모든 생명에게 유익한 존재로 태어나고 싶습니다.

오, 고귀한 신이여
저를 잘 인도하여 주시옵소서.

그의 장례를 마친 후, 나는 다시 『티벳 사자의 서』*를
꺼내 읽었다. 예전에 이 책을 보면서 그에게 몇 구절을
읽어 주었더니, 그 내용을 적어 달라고 했었다. 그래서
아직 죽을 때 멀었으니, 나중에 적어 줄게라고 했는데......

위 기도문은 죽음의 문턱에 선 이에게 산 자들이
들려주어야 하는 것인데, 나는 그가 스스로 말하는
형태로 바꾸어 보았다. 여러 가지의 기도문에서 내가
그의 맘에 들도록 편집하였다.

* 파드마삼바바(류시화 옮김). 『티벳 사자의 서』. 238-
267쪽.

그를 주검으로 만나다

드디어 임종을 준비하라는 언질이 주어졌다.
그 사이 지인 몇 분이 다녀가셨다. 그를 직접 보지도
못하고 오신 채 선 걸음에 가시게 해서 너무나
죄송하였다. 할아버지 보러 가야 한다고 친손이
울고불고한다는 이야기가 들렸다. 할아버지께서 천국
가셔야 하는데, 너가 그리 울면 할아버지께서 천국도 못
가시고 헤매시면 좋겠냐니까... 아이가 울음을 그쳤다고
했다.

여러 가지 처치를 많이 해서인지 그는 부어 있었다.
그의 얼굴을 만져 보았다.
치료를 위해 다 벗긴 상태인 듯 하여 손가락 외에는 만질
수가 없었다.
'여보 먼저 가 계셔. 나는 아이들과 좀 더 지내다
갈게'라는 말을 마지막으로 하였다.

혼자서 무섭지는 않을까...
혼자 울진 않을까?
밝은 빛을 잘 따라가야 하는데...

두어 달 전에 엄마 보고 싶다고 무던히 눈물 흘리던 그의
얼굴이 생각났다.
그때 나는 '엄마가 보고 싶어?'라고 소리 높이며 웃었다.
정말 그는 그때 엄마가 보고 싶었던 것이 맞았다.
그게 '죽음의 예감' 같은 것일 터...
그나 나나 그 예감을 놓치고 말았던 것이다.

마지막 숨에서 그는 무엇을 생각했을까?

그래, 아내는 여기 없지
왜 자꾸 몸이 늘어지고 숨이 가쁠까...
저 바쁜 소리와 내 몸을 헤집는 것들이...
이러다 내가 진짜 죽는 건가?
좀 더 살아도 되는데...

아내가 많이 울겠네
매일 나를 부르는데... 이를 어쩌지
그래도 자식들이 잘 챙겨 주리라...

회사 일은... 우짜노, 미안하오...
내가 준비하던 것들도 있었는데...
여러분들 덕에 폼 잡고 재미나게 살았어요

어린 시절의 내가 보이네요
더 많은 것들이 연이어 지나가네...
어머니는 저기 계시는데, 아버지는 안 보이시네
나는 저 빛 따라 넘어가야 하는가 봐
나 혼자 가야 하나 봐

생(生)은 다만 그림자*

생은 다만 그림자.
실날 같은 여름 태양 아래 아른거리는 하나의 환영.
그리고 얼만큼의 광기.
그것이 전부.

생은 다만 그림자.

실날 같은 여름 태양 아래 아른거리는 하나의 환영.

그리고 얼만큼의 광기.

그것이 전부.**

---

* 파드마삼바바(류시화 옮김). 『티벳 사자의 서』. 16쪽.
** 이 시를 읽고 또 읽고 싶어서... 그래서 인생은 그런
것이야 하고 스스로 답하고 싶어서.

어느 시인이 건네주는 위로의 글

그의 마지막 여정에 바치고 싶어서 발췌해 보았다.
부디 행복한 마음으로 떠나시길...

행복한 하루였습니다.
벌새가 인동덩굴 꽃 위를 이리저리 날아다녔지요.
나는 지상의 어떤 것도 소유하기를 바라지 않았습니다.
부러워할 만한 사람을 알지 못했습니다.
어떤 해를 당해도 나는 다 잊었습니다.
한때는 나도 똑같은 사람이었다는 생각이 부끄럽지
않습니다.
몸에서는 아무런 아픔도 느껴지지 않았습니다.
몸을 세우니, 푸른 바다와 배들이 보였습니다.*

우리가 뭘 잘못했을까?

2022년 11월 21일. 황달기가 보여 예약한 정기
검진일보다 하루 당겨 동네 'K내과'에 갔다. 다음 날 급히
오라는 연락이 왔다. 혈액검사 결과를 보여 주시면서
몸에 뭔가 심상치 않은 일이 일어나고 있으니 빨리 큰
병원 응급실에 가라고 하셨다.

곧 바로 양산 P대학병원 응급실로 가서 혈액검사
결과를 보여 드리니 '소화기 환자는 응급실에서는 안
받으니 소화기 환자를 받는 응급실이 있는 병원'으로
가라는 것이었다. 그런 병원을 어찌 찾느냐니까 119에
문의하라고 하셨다. 알려준 병원으로 전화하니 답이
시원찮았다.

그래서 지인이 계시는 'K병원'으로 전화 드리고, 즉시
입원하여 저녁에 촬영을 바로 했다. 새벽같이 내과
과장님이 부르신다. '담관암(膽管癌)'* 같고 부위를 보건데
위험한 수술일 수도 있으니, 빨리 큰 병원에 가는 걸
권하셨다.

* '위급 상황 시 지인이 없는 사람들은 어찌하지?'가 이
과정에서 느낀 나의 첫 생각이었고 차로 이동하면서는
처음 들은 병명인 '담관암'을 찾아보기 시작하였다. 무슨
병인지... 낫는 병인지 아님 위험한 병인지... 왜 이런
증세가 그이에게 왔는지...

그것이 마지막 입맞춤이었다니

11월 23일, 천신만고 끝에(생사의 갈림길에서... 바로 죽든지
더 기다리다가 죽든지는 그냥 운(運)일 뿐이다. 억울해 할 일도
아니라고 느꼈다.) 분당 S병원 소화기 내과 진료예약이
되었고 진료를 받았다. 바로 입원대기로 분류되었으니
근처에서 기다리라고 했다.

서울 언니 집에서 대접 잘 받으면서 대기하였다.
그는 분명 힘이 없어 보이고(아프다니까 그렇게 보이고,
내내 소파에 누워 있었다) 말수도 적어졌다. '1년만
살다 가면 좋겠네...'라고 해서... 우린 그냥 다 웃었다.
그땐 웃었다. 언니는 오랜만에 자기 집에 와서 누운
제부에게 끼니마다 맛난 반찬을 해 주었다. 그 23일은
우리의 47번째 결혼기념일이었다. 우리는 결혼 25주년
은혼식을 양가 가족들 모시고 치르었다. 50주년
금혼식도 해야지라고 생각 중이었는데... 맙소사.

11월 26일 토요일, 입원실이 나왔으니 오후까지 병원에
들어오라는 연락이 왔다. 행여나 싶어 그 전날, 코로나
검사를 하였고, 오전에 결과를 통보 받아서 다행이었다.
조카가 우리 부부를 병원에 데려다 주었다. 병실은
간호간병병동으로 보호자는 함께 있을 수 없었다.

배정받은 병실에 그를 두고, '그럼 나는 부산 다녀올게...
검사 잘 받고 계세요. 보호자랑 함께 있을 수 있는 병동
나오는 대로 올라올게, 여보'라고 말하며, 그의 얼굴을
한 번 만져 주고 입 맞추어 주고 나왔다. 그 길로 나는
저녁 기차를 타고 부산에 왔다. 이것이 그와의 마지막
입맞춤이었다니...

'나 잘래'-그의 마지막 말이었다

그를 병실에 두고 내려온 나는 아침저녁으로 전화를
했다. 나도 며칠 부산을 비운 터라 밀린 일들이 많아
분주하였다. 그 일들 중, 하루 저녁은 모 단체의 20주년
기념행사로 이사(理事)들이 축하노래를 불러 주는
순서가 있어 그 준비로 동요와 가곡을 실컷 불렀다. 그때
그는 혼자 병마와 싸우고 있었는데...

나는 가방을 꾸린 채 기다리고 있었다. 일요일, 월요일,
화요일, 수요일. 아침저녁으로 통화하였다. '빨리 병동
바꾸어 달라고 해 봐요' '오늘은 무슨 검사를 했어요?'
등으로 제법 길게 이야기하곤 했다.

그런데 목요일 오전, 통화가 안 되었다. 오후 5시경
전화가 연결되었다. '(밝은 목소리로) 여보 여보...' 부르니
'나 잘래...'라는 작은 소리만 들렸다. '이렇게 일찍?' '자꾸
잠이 와...' '그래 주무셔...' ― 그게 마지막 통화였다.
그리고 그는 목요일 밤에 중환자실로 옮겨졌고, 금요일
오전 나는 연락을 받고 올라갔다.

수요일 통화에서 그는 '자꾸 검사를 하네... 뭐가 안 좋나 봐'라고 하였다. 그리고 목요일 밤에 그는 혼자서 혼수상태에 빠진 듯하다. 혼자 얼마나 무서웠을까? 손 잡아 주는 사람도 없이...... 그 상황을 생각만 해도 눈물이 나온다. 옆에 있어 주지 못해서 너무나 미안하다. 얼마나 나를 찾았을까? 혼자서 얼마나 외로웠을까?

그의 주검과 함께 부산으로 내려오다

아까운 사람

장례는 그가 살던 부산(釜山)에서 치러야 한다고 생각했다.
아들딸과 큰일 몇 가지를 의논하고 출발하였다.

작은 영구차의 기사 옆 좌석에 앉았다.
그는 둘둘 말린 채 뒷좌석 특수침대에 누워 있다.
우찌 되겠지... 자기 본 마음은 아닐 터...
가는 사람을 어쩔 거냐

내려가면서 묘지, 장례식장 등을 사촌 시동생, 장조카와
의논하였다.
그는 임씨(林氏)였고 그들이 사랑한 형님,
삼촌이었으니... 그들도 슬퍼하였다.
전화기 저 너머로 또 다른 울음소리가 들렸다. 그가
동생처럼 좋아했던 C사장님이다.

12월 8일(음력 11월 15일), 잊어서는 안 되는 추모의
날이다.

이토록 가혹하게 벌을 주시냐?*

...
나예요, 나야. 가장 달콤한 친구야!
나한테도 아무 말 안 할 건가?
오직 한 시간만 깨어 있어 줘!
두려운 날들을 나는 그리움으로 깨어 있었어.
한 시간만 더 그대와 함께 있으려고.

눈길이 부셔졌다!
심장은 멎었고, 한 호흡도 불어지지가 않아!
그대와 혼인하려고 용감하게 바다를 건너왔건만?
너무 늦었구나! 오만한 사내!
이토록 가혹하게 내게 벌을 주시냐?

깨어나요!

깨어나 봐요!

내 사랑아!

...

* 바그너(R. Wagner)의 오페라 'Tristan & Isolde'
3막 2장의 일부로, 죽어가는 연인 트리스탄을 보면서
이졸데가 부르는 아리아다.

그의 마지막 사진을 만들면서

임종 준비 전갈을 듣고 준비해야 할 일들이 떠올랐다.
사위에게 온 식구 폰에 든 사진을 다 수배해서
영정사진을 결정해 달라고 했다. 외손녀 채림이 2년 전에
찍은 사진이 손폰에 들어왔다.

할아버지가 손녀에게 초상화를 그려 달라고 부탁했고,
손녀가 직접 찍었던 사진이다. 첫 손녀를 바라보는
행복한 웃음이 스민 는실난실스런* 사진이다. 손녀
앞이니까 만들 수 있는 표정이다.
사진을 보니 반가워 웃었다.

계속 폰을 들여다보니 또 눈물이 흐른다.
영정사진은 따로 야외에서 찍자고 약속했는데...
그의 다른 사진들은
여전히 집 안 곳곳에서 나를 울린다.

*는실난실: 부드럽고 감칠맛 나는, 야릇하게 교태스러운

그의 빈소(殯所)-감사하고 감사합니다

차려진 빈소*는 아름다웠다.
장조카와 같이 고른 꽃장식이며, 제물(祭物)들이
맘에 들었다.
우리 곁을 떠나는 그의 길이 서운하지 않았으면 하는
마음뿐이었다.

급작스런 소식에 지인들이 많이 오셨다.
아니 삼촌, 외삼촌, 하면서...... 울고 마는 조카들.
평소 왕래가 적은 친정의 사촌, 조카들이 반가웠다.
임서방은 사윗감의 표본이었다는 그들의 이야기에
웃었다.

아침저녁으로 오셔서 보시고 또 보시고 하신 S 회장님과
친구 J회장님.
사장님...... 하고 울먹인 회사의 동료 분들.

고등학교, 대학 동기들이 가득 자리를 차지하셨다.
서울에서 내려온 절친 친구 분들. 감사합니다.
골프 라운딩 친구들도... 감사합니다.

나의 여성, 시민운동 동지들도 그를 좋아했다.

그는 풀 먹인 모시적삼 같은 구석도 있지만,
업무 밖에서는 순했다.
하늘의 별도 따다 줄 정도의 남편이었다.
누가 뭐래도 그는 나한테서 추앙(推仰)받을 만했다.
그를 위해 머리에 하얀 리본 핀을 꽂았다.

* 빈소(殯所): 죽은 이의 혼백(魂魄) 또는 신주(神主: 죽은
사람의 위(位)를 베푸는 나무패)를 모셔 두는 장소.

사돈께서 대성통곡을 하신다

사돈(딸의 시부모님)께서 황급히 들어서신다.
예를 갖춘 뒤, 바깥사돈께서 기어이 우신다.
빈소의 가족들이 다 따라 눈물을 흘린다.

그이의 중환자실 소식에도 우셨다고 들었다.
우리는 모두 한참을 기다렸다.
'좋은 친구'를 잃어서 울었다고 하셨다.

우리는 아이들의 고등학교 학부형으로 만났다.
사돈들의 상견례가 엊그제 같건만
벌써 20여 년이 다 되어 간다.
아이들 보내고 섭섭하여, 서로의 생일 때마다 만났다.

손자들이 오면 우리 부부까지 보태어
사돈의 넓은 대동 집에 모인다.
바지런한 안사돈은 나와 결이 다른 고운 분이시다.
내가 술에 취해 사돈 앞에서 뻗어 버린 적도 있다.
그래도 부끄럽지가 않았던 그런 사이였다.

가을만 되면 진영 단감을 보내 주신다.
내가 울까 봐 연락도 못하고 계실 터...
6월 초에 안사돈과 둘이 미국 아이들에게 가기로 했다.
첫 손녀의 고교 졸업식을 핑계로 여자들끼리 나선다.

글을 적다 보니... 또 한 분의 사돈이 계신다. 영동에
사시는 며느리의 어머니이시다. 그날 아들, 딸, 사위 다
모시고 빈소에 오셨다. 바깥사돈은 안 계신다. 서로
한 번씩 집을 방문하고 거리가 멀어 자주 뵙지는
못하지만, 늘 마음이 통하는 그런 분이시다.

그의 머리카락을 잘라 달라고 했다

며느리가 옆에 와 전한다.
'어머니, 오늘 오후 5시에 입관(入棺) 한답니다.'

'입관 전에, 아버지 머리카락을 한 움큼 잘라 달라고 해줘.'
잠시 후 며느리가 머리카락을 든 비닐을 손바닥에 펴서
보여준다.
'그 열 배나 더 잘라 달라고 해요.'
아마도 염(殮)하시는 분도 이런 요청을 받기는
처음인가 보다.
다시 들고 와 보여준다.
내 맘에 차지는 않았지만 받았다.

그대로 꽁꽁 싸매어 불살라 버린다니······
내 몫으로 남겨 달라고 요구할 게 그것 말고는 없었다.
손톱을 달라 할 수도, 금이빨을 빼 달라 할 수도 없었다.

난들 그걸 가지고 뭐 어쩌려는 계획은 없지만
무어든 그의 몸의 일부를 가지고 있어야 될 듯하였을
뿐이다.
작은 비닐에 담긴 그 은빛 머리카락을 화장대 위에 올려
놓았다.

발인(發靷)-남은 육신마저도 보내야 한단다

그는 숨도 쉬지 않고, 마음도 다 닫은 상태이지만
남은 그 육신마저도 안 보이는 데로 보내야 한단다.

장례사가 구수하고 인간미 나는 목소리로 그를 보내는
일을 하신다. 발인*을 알리는 절을 하고, 마지막 술
올리면서 절하고, 헤어진다고 절하였다. 새벽시간인데도
손주들이 초롱초롱한 눈으로 할아버지께 절 올린다.

추도문 낭독을 들으니 그의 삶이 주마등처럼 스쳐
지나간다. 그의 생로병사, 72년 3개월은 한 장의 종이로
압축되어 버렸다. 그를 사랑하는 많은 분들이 그가 탄
영구차에 눈인사를 하였다.

발인(發靷) 직전, 부의함을 보던 직원이 편지봉투
몇 장을 꺼낸다. 막내 손녀(8세)가 넣은, 할아버지에게
보내는 편지 세 통이었다. '할아버지 잘 가세요.'
'할아버지 사랑해요.' 돈도 천 원씩 들어 있었다. 봉투에
연필로 그린 할아버지 얼굴은 할머니가 간직할게.

* 발인(發靷): 사자(死者)가 빈소(殯所)를 떠나 묘지로
향하는 절차.

화장장(火葬場)-손주들이 고함을 지르며 운다

부산영락공원 화장장은 붐볐다.

영정사진을 들고 제일 앞에 친손(親孫, 10세)이 서고,
혼백을 든 큰 외손이 그 뒤에 서 있다.

작은 외손(外孫, 9세)이 자기도 할아버지 사진을 들고
싶다고 한다. 다음 구포 할아버지(외손의 친할아버지)
때 들 수 있다고 설명해 주었다. 성(性)구별적 의례를
따르지 않으려고 노력은 했지만 관례에 따라 집행하는
장례지도사들을 자꾸 성가시게 하고 싶지는 않았다

드디어 조카들과 동료들이 든 관이 들어온다.
더 바라보고 싶건만, 이내 저 문 너머로 사라졌다.
화장 위치를 알려주어, 다들 그 앞에 가서 섰다. 관이
보이더니 이내 사라졌다.

순간 손주들이 고함을 지르며 운다.

할아버지... 할아버지... 할아버지...

가셔야 함은 알지만 이리 가는 건 아니지 않느냐라는
의미의 소리들. 아이들의 목청껏 지르는 그 소리에
모두가 눈물이 맺힌다.

잘 가요, 여보.
우리 함께 재미나게 살았지요.
당신이 온다면 다시 사랑할게요.

당신이 내 가까이 온다면 다시 사랑할게요

...

당신은 우연인가 필연인가.
둘 다 맞으면서도 둘 다 아니다.
당신은 우연이면서 필연이고 필연이면서 우연이다.

방문을 열면 보이는 산골 새벽 저수지 물안개.
안개가 우연인 듯 보여도 우연이 아니듯
마음의 문을 열면 보이는 당신 역시 우연인 듯 보여도
우연이 아니다.*

...
당신은 우연인가 필연인가.
둘 다 맞으면서도 둘 다 아니다.
당신은 우연이면서 필연이고 필연이면서 우연이다.

방문을 열면 보이는 산골 새벽 저수지 물안개.
안개가 우연인 듯 보여도 우연이 아니듯
마음의 문을 열면 보이는 당신 역시 우연인 듯 보여도
우연이 아니다.**

* 동길산의 시(詩) 『어렴풋, 당신』에서.
** 이 시를 그이에게 두 번 들려주고 싶어서.

그만하면 잘 사신 거예요

'그래도 한번씩 아버지를 봐야지요...' 딸과 아들의
말이었다.
사촌 시동생께서 아주 좋은 장지(葬地)를 찾아 주셨다.

하얗게 재로 변해 버린 그를 잘 뉘이고 혼백을 얹어 잘
마무리하였다.
혼자 외로울까 봐, 옆 자리까지 구입해 평장(平葬) 준비를
해 두었다.
비록 돌멩이들이지만, 거기에 그가 있다고 여기며 그를
간직한다.
그는 해 잘 드는 그곳에서 기다리고 있을 터......

술 때문에 일찍 가 버린 것 같아 산소엔 술을 안 들고 간다.
놀란 아들은 술을 한 잔도 안 마신다.
딱히 술 때문이라고 의사선생님은 말씀하시지 않았지만,
그리 오십여 년을 열심히 마신 술이라... 간(肝)이 화가
날 만도 하다고 나는 판단했다. 애주가였던 그에게 '내가
좋아, 술이 좋아' 하고 묻기도 했었다.

잘 사셨슈......

그만하면 잘 사신 거예요.

실컷 사랑받고 사랑하고......

밥 잘 먹고 술 잘 잡수시다가

겨우 20여 일 고생하시다 가셨으니......

나 고생도 안 시키고...

당신은 남은 내가 걱정이겠지만......

그 어쩔 수 없는 일.

자식이 없냐, 친지가 없냐, 돈이 없냐...라고 여길게요.

오동나무 상자에 담기어

...
나는 옷자락에 흙을 받아
좌르르 하직했다
너는 어디로 갔느냐
그 어질고 안쓰럽고 다정한 눈짓을 하고......
...
나를 부른 너 목소리는 들리는데
내 목소리는 미치지 못하는*

* 박목월의 시(詩)「하관(下官)」에서.

그의 묘지에 첫 꽃을 바치며

발인하고 3일째 되는 날이 삼우(三虞)란다.
법도를 모르는 우리는 배워 가면서 따랐다.
공식적으로 '완성된 묘지(墓地)'를 첫 방문하는 날이다.

아이들은 아이들끼리 타고, 어른들은 어른들끼리
다 함께 소풍가는 기분이기도 했다.

아이들이 우르르 조화를 사러 간다.
아이들은 하양과 노랑의 고상한 색을 고른다.
술 대신 물을 뿌려 드리고 다 함께 묵념을 했다.

그는 앞이 탁 트인, 해 잘 들고 바람도 잘 통하는 곳에 있다.
정말, 그곳엔 그가 있다.
그의 깍인 손톱들도 그이인데... 그의 유골이니...
그곳엔 그이가 있다. 정말로!
아이들도 그리 믿고 나도 그리 믿는다.
돌아오면서
우리는 생전에 그가 잘 가던 식당에서 밥을 먹었다.

우리가 그를 보내는 마지막 의례

그건 우리가 그를 보내는 의례(儀禮, ritual)였다.
그를 땅에 묻는 것으로는 슬픔이 가라앉지가 않는다.

생전에 그는 집안 어른이나 지인의 49재에 참석하고
와서는 '참 좋타'라고 했다. 그는 무교(無敎)이지만, 그가
접하는 환경 안에서 그는 절에 친숙했다. 통도사는 그의
생활권 내에 있으며, 그는 양산에 친근한 사람이었다.

그를 더 천천히 보내드리기로 했다.
정성을 들여 그에게 절을 했다.
나의 하나님께서도 세상사 이런 일들을 다 이해하실
터...라고 믿으며 생전에 하지 않았던 자세로 그에게 한
차례에 세 번씩 절을 했다.
잘 가세요. 좋은 데 가세요. 또 만나요...

초재와 3재를 마치고, 딸 가족들은 미국으로 떠났다.
3재때 S회장이 보내 주신 이쁜 화분이 왔다.
그를 보듯 그 꽃들을 내내 바라보았다.
나의 여성운동 동지들도 와서 반가웠다.

5재는 나 혼자 다녀왔다.
젊은 스님께서 더듬더듬하셨다.
49재*, 막재는 화려하고 엄숙했다.
8시부터 시행되어 12시 넘어 마친 긴 의례였다.
법당을 꽉 채운 지인들 속에서 그도 흡족했으리라 믿는다.

태우는 옷을 한 벌 가지고 오라는 말씀에
한참이나 그의 옷을 살폈다.
그리곤 옷을 고른 후, 안고 한참 울었다.
옷을 태울 때에는 더 눈물이 났다.
잘 가요. 편한 세상 가서 보고 싶던 분들 잘 만나세요.

* 49재(四十九齋): 고인이 죽은 후 초재부터 7일마다
일곱 번씩 지내는 재. 고인의 기일을 제1일로 삼아
계산한다. 이 49일 동안 혼령은 환생, 열반, 지옥의
세 가지 방법으로 인도된다고 한다.

그의 바르도(bardo)에 축복이 넘치길

티벳에서는
사람이 죽은 다음에
다시 환생(還生)하기까지 머무는
그 중간상태를 바르도(bardo)*라고 부른다.

그가 어디로 가며, 언제 만나질런지가 궁금하였다.
우린 그의 49재를 잘 지냈으니,
아마도 그는 어딘가, 누구의 몸으로 환생했으리라...
그는 기독교인이 아니니 하나님 계시는 천국엔 못 갔을 터.
그는 절대 악인(惡人)이 아니니 영혼(靈魂)이 떠돌지도
않을 터.
또 그는 신실한 종교인이 아니니 열반(涅槃, nirvana)에는
못 이르렀을 터.
(아, 혹시 신비스런 빛이 그를 열반으로 인도해 갈 수도 있을
터...)

아마도 그는 우리가 정성스레 치러 준 49재를 지나
어디서 건강한 태아로 다시 태어났을 터...
인간은 생전의 업(業, karma)을 안고
수천만 번 죽고 태어나고 해야 행여 만나진다니......
그래도 '만나진다'니... 다행이다.

---

* bardo: bar(사이), do(둘, 죽음과 환생)이란 의미가
합쳐진 단어로, 고인(故人: 사자(死者), 혼령(魂靈) 등으로
말해지기도 함)이 두 세계 사이에 서 있는 기간을 49일로
보며, 이 기간이 지나면 인간으로 환생하든지 열반에
이른다고 함. 그런데 환생도 못 하고 열반에도 못 이르는
떠도는 죽음도 있다고 함. 『티벳 사자의 서』에서는 인간은
결코 축생으로 태어나지는 않는다고 한다.

우리의 50년 유정(有情)

나는 조금도 그에게 유감스러움 따위는 없다.
그를 만나 부부의 연으로 살아온 지가 근 50여 년이
되어간다. 그는 나를 행복하게 해 주었고 나를 어루만져
준 사람이었다. 그는 나보다 자식들에게 더 좋은
부모였다. 그는 나의 부모에게도 나의 형제들에게도
사랑을 주었다.

내가 겨우 밥을 준비했지만, 그는 늘 맛나게 먹었다.
청소도 해 주고 침대 정리도 잘 해 주었다. 내가 성질을
부리면 그는 웃었고 내가 우울해도 웃어 주었다. 그는
이렇게 나에게 은정(恩情)*을 다 했으니 나는 조금도
그에게 유감스러움 따위는 없다.

행여 그가 삶을 제대로 도모하지 못한 것이 있으면 그건
나의 부족 때문이다. 내가 화가 나 며칠 간 그를 버린
적도 있으니... 그를 슬프게 했던 것들이 후회된다. 그의
병듦은 그의 몸에 무지했던 나의 허물임을 고백한다.

언제나 나를 사랑해 줄 수 있다고 믿었다. 하루의
병수발도 안 시키고 그리 가버리니 마음이 더 안쓰럽다.
이젠 혼자서 웃고 혼자서 울어야 하는 꼴이 되었다.

* 전송열. 『옛 사람들의 눈물』. 173쪽.

그건 이 장례의 마지막 (비공식)의례였다

12월 8일, 새벽 1시에 임종 선고를 받았다.
초상을 다 치르고
집에 와 앉으니 11일 저녁이었다.
당장 하고 싶은 일들로 다들 '목욕'을 꼽았다.

멀리서 온 손자들을 위해
멋진 목욕탕에 가야 했으나 '코로나' 시기라...
우리 식구들이 애용하는 동네 작은 목욕탕에 새벽같이
들어섰다. '여탕 5명, 남탕 5명입니다.'

공중목욕탕을 처음 가 본 미국에서 온 막내 손자가
목청껏 고함을 지른다.
처음엔 안 들어가려는 고함,
뒤엔 원더풀을 연발하는 고함이다.

뽀얗게 씻고는 식탁 앞에 둘러앉았다.
멀리서 온 딸 식구들 의견부터 들었다.
매운 음식을 먹잔다.
마라탕, 떡볶이, 매운탕, 짬뽕......

남은 식구들끼리의 만찬

3재를 마치고, 아이들 학교 때문에 더 오래 머물 수가
없어 딸 가족은 떠날 준비를 했다. 뭘 맛난 걸 먹고 갈꼬?
다양한 음식들이 등장하였다. 그래 차례차례 먹어 보자.
못 잡숫는 할아버지만 억울하겠제...

먼저 큰 외손자가 먹고 싶다는 스시집에 갔다. 동네
스시집이고 그의 단골집이다. '특 스시를 부탁해요.'
다들 물 잔을 들고 '할아버지' 하면서 잔을 부딪쳤다. 그
뒷말을 뭐라 더 붙이겠는가? 모두 맛나게 먹었다. 다들
깨끗이 접시들을 비웠다. 할아버지께서도 좋아하실 터...

다음 메뉴는 '기장(機張: 지역명) 대게'였다. 딸 식구와는
언젠가 간 적이 있고, 아들네는 처음이다. 일찍 출발하여
도착하니 자리가 있다. 긴 테이블을 8명이 차지하고
앉았다. 한참을 기다리니 대게가 이쁘게 잘리어
나왔다. 비닐 장갑을 끼고 전용포크를 들고 다들 코를
박고 열심히 먹어 치운다. 마지막으로 게 등짝에 담겨
나온 밥까지 먹고는 뒤로 나앉았다. 비싼 밥을 먹었다.
할아버지는 간만에 다 모이는 이 손자들에게 더 비싼
것도 사 줄 분이야...... 오는 길에 '아난티코브'의 책방
'이터널저니'에 가서 더 놀았다.

이후 파스타 집에 한 번 더 갔다. 기어이 딸이 계산을
한다. 총 세 번의 식사로 우린 다 헤어져 각자의 집으로
돌아갔다. 그이의 사진과 나만 덩그러니 남았다.

할아버지 만나러 가요

'할머니, 다음 일요일엔 할아버지 만나러 가요.'
반가운 말이다. '왜 할아버지가 오라고 하시든?'
'내가 가고 싶어요. 저는 묘지공원이 참 좋아요.'

3개월 동안, 우리는 열 번이나 묘지에 다녀왔다.
아이들은 할아버지를 참 좋아했다.
한 집에서 7년을 함께 산 이유도 있을 것이고,
용돈을 손에 쥐어 주시던 그 일도 기억에 남을 것이다.

'할아버지는 제(8세, 친손녀)가 제일 좋다고 하셨어요.'
'할머니일걸...'
'아니, 나라고 했어요...'
그래도 할아버지를 기억할 만한 나이이니... 다행이다.

아이들이 처음 공원묘지에 간 날
'와 이런 공원도 있네...'라며 재미나 했다.
'여긴 다 죽은 사람들이 있는 산이에요?'
'할머니도 죽으면 여기로 오세요?'
'그럼 나도 죽으면 여기에 와요?'
'엄마, 아빠 자리는 이것이에요?'
생로병사(生老病死)의 진리를 배우는 듯......

그이가 내게 보내는 노래

오늘 같은 밤에는
호미 하나 들고서
저 하늘의 별 밭으로 가
점점이 성근 별들을 캐어
불 꺼진 그대의 창 밝혀주고 싶어라

초저녁 나의 별을
가운데 놓고
은하수 많은 별로
안개꽃다발 만들어
내 그대 창에 기대어 놓으리라

창이 훤해지거든
그대 내가 온 줄 아시라 내가 온 줄 아시라*

이 노래를 듣다 눈물이 맺혔다.
마치 그의 맘인 듯하다.

＊ 가곡 '별을 캐는 밤'(심응문 작시, 정애련 작곡)

그이가 남긴 것들을 내 눈에 심으며

혼자 집에서 이 방 저 방 다니며
그의 물건들을 유심히 쳐다본다.

안방 장롱 속엔 그의 물건들이 가득하다
내의부터 운동복, 양복에 이런저런 약까지.
옆 작은 방에는 그의 겨울 겉옷들이 걸려 있다.
건너 방 자개장 안에는 장교복이 얌전히 걸려 있다.
화장대 위에는 그의 화장품과 면도기가...
늘 그 앞에서 머리를 말리던 모습이 떠오른다.

그는 거실에서 늘 그 의자에만 앉는다.
옆 사이드 테이블엔 TV 리모컨과 손톱깎이가 있다.
화상(火傷)으로 울퉁불퉁해진 손톱을 자주 매만진다.
그러다 나와 눈이 마주치면 안쓰런 표정을 짓는다.
'호호 불어 줘?'
'말만으로도 고마우이.'

그이의 손가방에서 명함, 지갑, usb 등이 나온다.
잘 접힌 천 주머니 속에서는 그의 반지, 건강 팔찌,
모표가 나온다.
그이가 남긴 것들을 보니
그래도 조금은 그를 보는 듯하다.

그의 이름은 지워지고 있다

아무것도 모르는 나에게 세무사님을 추천해 주셨다.
그이의 말씀따라 여기저기 다니며 서류를 준비한다.
이 서류들은 보호자만이 발부받을 수 있다니, 도리가 없다.
딸과 아들은 인감증명서를 준비해서 나에게 건넨다.
참 하기 싫은 일이다.

주민자치센터에 가서 사망신고를 했다.
그러자 이런저런 곳에서 안내 문자가 왔다.
'체납된 세금(종류도 많았다)이 없습니다.'
증권협회에서는 '관련 주식이 없습니다.'라고 왔다.
은행은 임정태 관련 업무는 중지되었으니 방문하란다.

걱정되어 들어 두었던 보험회사에서 연락이 왔다.

J소장님과 한 번도 가본 적이 없는 보험회사에도 갔다.

돈을 준다고 하나 반갑지도 않다.

그렇게 그의 이름은 지워지고 있다.

그러나 내 마음에서는 지워지지 않을 터......

2부
그의 72년 3개월 인생

그의 어린 시절과 운동

그는 부산 전포동에서 어린 시절을 보냈다. 전포동의
논밭을 뛰어다니며 놀았던 이야기도 해 주었다. 20여 년
전, 자기 살던 동네에 가보고 싶다고 해서 따라나섰다.
마을이 변한 모습에 그도 놀랐지만, 그래도 그 속에서
어린 시절의 흔적들을 찾곤 좋아하였다.

어린 시절, 증조부 슬하의 자손들이 다 함께 산 탓에
그는 사촌들과 매우 친했다. 지금도 사촌들 중심의
종반(宗班)모임을 하고 있으며, 어릴 적 사촌들과 지낸
일들을 자주 이야기하곤 했다. 함께한 그 시절에 배운
삶의 지혜로 그는 평생을 산 듯하다.

전포동의 대궐 같은 집에서, 양정의 작은 집으로
이사하고, 점점 그 작은 집이 답답하여 그는 중고등학교
때는 학교 운동장에서 살았다고 했다. 그는 운동을 참
좋아하고 또 이것저것 잘한다.

그의 사진이 말해 주는 그의 젊음

그의 앨범에서 까까머리 그를 찾았다.
중학교 시절의 앳된 모습
고등학교 시절의 거만한 표정
소풍 가서 찍은 고등학생들의 그 먼지 나는 냄새들.

어느 비 오는 날, 또 어느 눈 오는 날
친구들과 담배 물고 찍은 사진들을 보니
그땐 정말 치기(稚氣)가 넘쳤다.
사진 속 네 분 중 지금은 두 분만 계시네……

대학 잔디밭에서 찍은 우리 사진을 보니 웃음이 밴다.
그의 군복 입은 사진도 새삼스럽다.
처음 구입한 자동차로 큰집에 간 사진도 있다.

아이들과 부모님 산소에서 잠자리를 잡으며 놀던 사진.
작은 아가들을 데리고 콘도여행을 다닌 사진.
제법 큰 자녀들과 해외여행을 다닌 사진들.
나하고 둘이서 다닌 사진들.

친구 K작가가 찍어준 '표정 좋은 사진들'이 있어
다행이다.

동아리 친구들과 부부모임에서

그는 오랫동안 나만 바라보고 있었다

1972년

마지막 수업을 마치고 나오면 저어기 그가 서 있다.

도서관에서 나오면 친구들과 담배를 피우는 그가 보인다.

나를 따라오다 같은 버스에 오른 뒤 내 옆에 앉는다.

내 가방을 자기 무릎 위에 놓는다.

한참 뒤 우리 동네에 같이 내린다.

그는 다시 반대로 가는 버스를 타러 간다.

1974년

군복을 입고 낮에 내려와 저녁에 기차에 오른다.

서너 시간 나만 바라보다 다시 간다.

늘 내게 달려온 당신이었지.

그는 오랫동안 나만 바라보고 있었다.

1975년

군복을 벗은 그해 가을에 결혼했다.

그의 팔에 매달려 늦은 밤길을 다닐 수 있어 좋았다.

1978년
나의 귀가가 늦은 날엔 집 앞 정류장에서
아기를 목마 태우고 기다린다.
내가 멀리 자동차를 몰고 나간 날엔 노심초사한다.

어디든 나를 데리고 다녔고
맛난 것 먹으면 꼭 그 집에 데리고 갔다.
혼자 공 치러 다니게 할 거냐고 해서
나도 그를 따라 공을 칠 수밖에 없었다.
내가 머무는 어디쯤엔 늘 그가 있었다.

달콤하였던 데이트

우리가 대학을 다닌 70년대 초는
카페가 있었던 것도 아니었다.
겨우 학교 앞에 다방이 한 군데 있었을 뿐이었다.
어쩌다 그곳에서 만나기도 했지만
나는 그런 곳을 별로 좋아하지 않았다.

중간 혹 기말시험이 끝나면
우린 학교 뒷산에 놀러가곤 했다.
'콰이강의 다리'라 불리던 철(鐵)다리에서 만나
물병 하나 들고, 가방은 다 그가 메고 올라간다.
산성(山城, 금정산 북문, 동문 등) 가서 막걸리도 마시고
내려오면서 범어사 법당에도 들어가곤 했다.

헤어졌던 우리는 4학년 무렵 다시 만나
쓸데없는 짓이었다고
미주알고주알 이야기 나누면서 웃었다.

그가 군대 가고, 내가 대학원 다닐 적엔
휴가라도 나오는 날엔 먼저 학교로 와 나를 잠시 보곤
친구들을 만나러 갔다.
그리곤 밤 늦게 다시 나타나 나를 집까지 데려다 주었다.
버스를 타고 한 시간이나 같이 가는 것이 데이트였다.
지금 생각하면, 참 달콤한 데이트였다.

그의 본가-'양정 집' 추억들

나는 지금도 눈에 선한,
그 양정 집에서 시부모님께 첫 인사를 드렸다.
작은 집이었지만 삼대가 살았고,
우물 있는 마당집이라 시원하기는 하였다.

부모님, 큰형님 부부, (세 살 위) 누나 그리고 조카 3명이
다 함께 살았다.
그는 누나와는 정서적으로 매우 친했고
누나도 이 동생을 끔찍이 아꼈다.
조카들의 전언(傳言)에 따르면, 그이는 어린 조카들과
놀면서 대장 놀이를 한 듯하였다.

내가 양정, 그 시댁에서 첫 밤을 지내는 날
그는 호위하듯 나를 감싸고 누웠다.
아침에 화장실을 못 가 (그 재래식 화장실이 무서워) 그가
망을 보고 나는 우물 옆에서 일을 보았다.

겨울에 제사라도 있어 가면
막내며느리라 영락없이 설거지 당번이었다.
바람이 마구 들이치는 재래식 부엌에서 손이 시렸다.
그는 제사 마치고 집에 돌아오면
나를 꼭 안아 주었다.

그의 어떤 점이 마음에 들었을까?

우린 대학 동아리 동료로 만났다.
그는 편한 사람이었고
여자 남자를 구별하는 사람이 아니었다.
대가족 속에서 자란 그에게
여성은 불편한 존재가 아니었다.
그의 눈에 키 작은 나의 야무진 구석이 보였던 것이다.
나의 야무짐이 그의 야무짐에 미치지 못했지만……

날더러 자기의 어느 점이 마음에 들었는지를
결혼하고 20년이 더 지나 물은 적이 있다.
나는 애써 생각해 보았다.
오랜 시간 친구 같았기에
달리 순간적으로 맘을 뺏기고 한 건 없다.

20대의 나에게,
그의 어떤 점이 쏙 내 마음에 들어왔을까…
검고 못생긴, 세련미라고는 없는 남학생이었는데…
그러나 그는 운동할 땐 좀 달랐다.
공격적이었고 때론 인정사정이 없었다.

보통 때의 그 순둥이가 아니었다.
어떤 장면이 떠올라 이야기를 하니
'그게 좋았다고?' 의아해했다.
나도 '그게 잊히지 않는 것들이네'라고 얼버무렸다.

사실
내가 운동 잘하는 근육질 남자를 좋아한다는 건
나이 들어서 알았다.
내가 좋아하는 연예인은 격투기선수 C이다.
그가 TV에 나오면 남편이 나를 부른다.
'오셔서 보슈...'

그의 연애-'나타샤와 나는 흰당나귀 타고 갔었다'

가난한 내가
아름다운 나타샤를 사랑해서
오늘 밤은 푹푹 눈이 나린다

나타샤를 사랑은 하고
눈은 푹푹 날리고
나는 혼자 쓸쓸히 앉어 소주를 마신다
소주를 마시며 생각한다
나타샤와 나는
눈이 푹푹 쌓이는 밤 흰 당나귀 타고
산골로 가자 출출이 우는 깊은 산골로 가 마가리에 살자

눈은 푹푹 나리고
나는 나타샤를 생각하고
나타샤는 아니 올 리 없다
언제 벌써 내 속에 조곤히 와 이야기한다
산골로 가는 것은 세상한테 지는 것이 아니다
세상 같은 건 더러워 버리는 것이다

눈은 푹푹 나리고

아름다운 나타샤는 나를 사랑하고

어데서 흰 당나귀도 오늘 밤이 좋아서 응앙응앙 울을

것이다.*

* 백석의 시(詩)「나와 나타샤와 흰 당나귀」
그가 시인(詩人)이었다면, 이런 시를 썼을 것이다.

자기에게 제일 소중한 것은 '당신'이라고 했다

학교 서클 동료에서 친한 친구로
그리고 연인에서 부부로.

어찌 내 마음에 들어 버렸는지...
그는 일찍 나를 맘에 두었고,
몇 년 공을 들였다고 했다.
(이 고백을 그는 50세 무렵 했다. 작정하고 꼬셨다고. 맙소사!)
나도 그를 보고 가슴이 울렁거린 적도 있었다.

동갑 부부로, 우린 자립했어야 했다.
돈을 아껴야 돈을 모을 수 있다는 이치도 알았다.
성실하게 살아야 함을 믿은 모범생들이었다.

군복을 입은 그의 모습,
결혼식 날의 그를 선명히 기억한다.
유독 내 마음에 드는 날에는 토닥거려 주었다.
'산울림'의 '그대는 이미 나'가 바로 우리였다.

자기에게 제일 소중한 것은 '당신'이라고 했다.

사랑, 쾌락, 행복까지 다 준 사람임을 나는 안다.

기분 좋으면 그는 노래를 부른다

그는 기분 좋으면, 눈 감고 노래를 잘 부른다.
'그 겨울의 찻집', '영영' 같은 노래를...

젊을 때, 그는 교가*를 자주 불렀다.
나는 그 교가의 첫 음정과 독특한 가사를 기억한다.
'아스라이** 한 겨레가......'
그 교가는 들을수록 멋지다.
대단한 분들의 작품이기도 하다.

아스라이 한 겨레가 오천 재를 밴 꿈이
세기의 굽잇물에 산맥처럼 부푸놋다
배움의 도가니에 불리는 이 슬기야
스스로 기약하여 우리들이 지님이라
스스로 기약하여 우리들이 지님이라

사나이의 크낙한 뜻 바다처럼 호호코저
진리의 창문가에 절은 단성 후련서니
오륙도 어린 섬들 낙조에 젖어 있고
연찬에 겨운 배들 가물가물 돌아온다
연찬에 겨운 배들 가물가물 돌아온다

* 부산고등학교 교가: 유치환 작사, 윤이상 작곡
** 본딧말은 '아아라히'였는데, 이게 '아스라히' 혹
'아스라이'로 사용된다는 설명이 있다.

그는 돈을 좋아한 사람이 아니었다

그는 늘 검소했다. 자신을 위해서는 돈을 쓰지 않았다.
늘 '당신 다 가져'라고 했다. 돈을 불편해했다. 지독한
가난도 안 겪었지만 넉넉한 즐거움(돈 쓰는 맛?)도
누리려고 하지 않았다.

내 나이 사십이 넘고서야, 나는 이 사람이 '돈에
관심이 없다'라고 생각했다. 아, 사업 해서는 안 되는
사람이구나. 사업은 기술도 중요하지만 돈의 흐름을
보는 능력도 있어야 하는데...... 심지어 남의 돈도 내
돈처럼 쓸 줄도 알아야 한다던데...... 그래서 누나와 나는
월급쟁이를 권했다. 자기 손으로 자기 신발도 안 사는, 못
사는 그런 사람이었다. 아가를 안고 마트에 가서 과자만
사 오는 정도였다.

그런 그가 말년에 '내 통장, 하나 만들어 줘' 했다. '누구 돈 줄 사람이 생겼어? 애인이야?' '응, 애인이 생겼어. 그것도 여러 명이야.' — 그는 가끔 손자들에게 용돈을 주었다. 그게 고작 그가 할 줄 아는 돈 쓰기였다. '돈도 쓸 줄 알아야 벌 줄도 안대요'라는 내 말에 그는 '교수도 그런 소리 하냐?'라면서 나를 무안케 했다.

'먹고살면 되었다! 돈에 욕심내지 마.'
아이고... 부부싸움 걸기 딱 좋은 남자였다.

그는 늘 나를 이긴다

거실에서 그는 TV를 보고,
나는 그 옆 의자에서 책을 읽는다.
책을 보다 이야기해 주고 싶은 부분이 있어 말 걸면,
그는 애써 귀 기울인다.

나는 세상을 살아가는 데 필요한 지식, 지혜를 책에서
얻는다고 믿고 있다.
내가 책과 신문을 통해 배운 지식들을 가지고
이 세상을 이해한다면
그는 선험적 지혜*로 이 세상을 살아가는 듯하여,
신기할 때가 있다.

언쟁거리가 있어 다툼을 하면, 결국엔 내가 진다.
그의 말이 100배, 1000배 옳기 때문이다.

시비가 생길 때, 세상의 옳고 그름은 복잡하지 않고
명확하다.
서로 언쟁하다 보면 상황논리보다는 절대논리가 이긴다.
'사람이 그럼 안 돼'라는 말 앞에서는 할 말이 없다.
도덕적으로 되는 일과 안 되는 일의 분별이 명확했다.
그리고 그는 절대 나하고 싸운 적이 없다고 한다.

* 선험적(先驗的) 지혜: 배우고 경험하기 전에,
인간에게는 선천적으로 인간으로 지닌 앎('인식의
주관적 형식'이란 표현을 사용한다)이 있다.
마음의 본성(本性-사전을 보니 양명학에서는 이를
'양지(良知)'라고 했다) 같은 것이지 싶다.

그의 마지막 홈런

돈을 차곡차곡 모아 아파트를 샀더니, 큰 평수를 샀다고
나무랐다. 결국 작은 아파트에 3년을 더 살다가 이사했다.

새 양복을 사 주었더니, 그런 옷 안 입어도 된다고 한다.
회사 가면 작업복 입으니 그런 옷 필요 없다고 한다. 나랑
나갈 때만 입어... 하고 협상했다. 지금도 새 옷처럼 걸려
있다. 촌놈이야, 이 사람은...

'돈 많이 버세요'라는 속내로 손가방을 하나 사 주었다.
한참을 들고 다니다, 편리한지 새삼 고맙다고 한다.
'여보, 세상엔 좋은 게 많아. 더 사 줄까?'
그는 좋은 것이라면 시선을 피한다.
어린 시절, 좋은 것을 탐내다 혼이 났나?

그런 그가 말년에, 골프가방 하나 사 줘 한다.
너무나 반가워 당장 모시고 나가 사 드렸다.

우리의 70세 생일을 '하와이'에서 하자고 딸이 제안했다.
딸, 아들 가족 다 데리고 2주일 지내는 경비가
수천만 원이 예상되었다.
'여보 어쩔꼬?' '예약해.'
그의 마지막 홈런이었다.
우리가족 11명이 다 함께한 멋진 사진이 덤으로 생겼다.

2020년 7월. 하와이 가족여행

세 번째의 삶을 고마워했다

우리 개인의 삶도 역사의 질곡 위에 놓여져 있다.

1974년 8월 15일, 육영수 여사 피살 사건이 터졌다.
대통령실 경호가 강화되면서 ROTC 출신인 그도
선발되었다.
불만스러운 나의 질문 — '왜 당신이야?'
그 후 그가 은밀히 말해 주던 이야기는(사실인지 아닌지는
모름) '사격술과 출신성분(?)이 좋고, 아들 많은 집
막내이기 때문일 게야.'

1975년, 군 복무 임기를 마치고, 연장 근무하라고 잡는
그곳을 떠났다.
1979년 10월 26일, 박정희 대통령 암살 사건.
그 보도에 그는 매우매우 놀랐다 — 그도 100% 죽었을
상황이었기 때문이다.

1991년 7월, 화재로 그는 화상을 입었다.
죽을 수도 있을 정도의 화상이라는 설명에 놀랐다.
나는 그가 일차 처치를 하고 난 뒤 보았지만,

화재 직후 그에게 달려간 큰 형수께서는 눈물만
흘렸다고 했다.
그는 잘 견디어 내었다.
그 후, 불에 탄 손톱 언저리가 아프다곤 했다.

그는, 다시 죽을 상황이 오면, 감사히 받아들일 거라고
했다.
연명치료, 호스피스 같은 나의 설명에 그는 '그냥 죽으면
돼. 힘들지 않아' 했다.
늘 덤으로 산다고 고마워했다.
그래서 생명줄을 10일만 잡고 있다 가 버렸어?

그는 늘 '아내에게 잘 해야 한다'고 말하는 사람이었다

죽을 뻔했던 상황이 지나고 나서 나를 찬찬히 본다.
'내가 이 여자 때문에 살았구나. 고마워.'
날 혼자 두고 갈 수 없어서 살았다는 의미였다.

딸이 힘든 유학생활에서 박사학위도 따고 아가도
출산하였다.
'역시, 여성들의 유전자가 우수해, 여성이 세상을 살리는
게야'.

충청도 며느리가 부산으로 시집왔다.
아가들 낳고 시부모와 사는 걸 보고 그는 여러 번 놀란다.
'여성은 정말 대단해. 남자들은 저리 못해... 이 낯선
곳에서...'

그는 페미니스트 축에는 못 끼지만, 여성운동을 존중한다.
'당신이 가야 된다면 가 봐. 혼자 있을게.'
그 운동에 힘을 보태야 된다는 것은 아는 사람이었다.

그는 아버지가 왜 어머니를 그리 예뻐하셨는지를 알 것
같다고 했다.

아버님은 층층시하의 고됨을 안고 살아가는 부인의 삶을
이해하신 분이었다.

그래서 그는 배우자에게 잘 못하는 사람을 제일 싫어했다.
늘 '아내에게 잘 해야 한다'고 말하는 사람이었다.

그의 다정함이 나를 물들다

마치 바람이
모래사장의 소나무들을 휘게 하고
가지들의 방향을 바꾸어 넣듯……
당신은 나를 현재의 방향으로 바꾸어 놓았습니다.
그리고 지금 당신은 어디론가 사라졌습니다.*

부부싸움을 하면, 내가 우는 게 아니고 그가 운다.
당신과 이러는 게 너무 싫다고 했다.
당신 하자고 하는 대로 할 테니, 화내지 말라고 했다.
돌아누운 마누라를 뒤에서도 안는 사람이다.
나하고 시시비비는 안 가리겠다는 태도니 열이 더 받친다.

시간 흐른 뒤 생각하면 그의 말이 옳다.
일은 그가 말하는 대로 흘러간다.
받아들일 것은 받아들여야지 시비를 가려선 안 되는
것이었다.
더구나 가족과 친족은 호혜(互惠)와 증여(贈與)의
관계니까...
(나는 이런 이론을 공부하고서야 진심으로 받아들였다)

그래서 나는 점점 다정한 사람이 되었다.
그의 다정함이 나를 물들인 것이었다.
그 다정함이 다시 가족들에게 '증여품'처럼 옮겨진다.

* 정용선. 『장자, 고뇌하는 인간과 대면하다』. 189쪽.

그러면서 결곡*한 사람

그의 옷장은 늘 정리가 되어 있다.
와이셔츠도 한 방향으로 가지런히 걸려 있다.
내 옷장과는 다르다.

비를 맞고 공을 친 후, 내 비옷과 신발까지 말려 준다.
나를 위해서라기보다는 자기 성미에 야무지게 다
정리하는 것이다.

결혼하면서 연애편지 뭉치를 그대로 들고 왔다.
그것도 날짜별로 다 정리하여.
그 정성으로 나는 그의 순결을 믿는다.
그는 나를 반만 사랑한 사람이 아니었다.

좋고 싫음도 분명하다. 그래서 식성 맞추기는 쉽다.
평생 우산 한 번, 종이 한 장 안 잃어버린 사람이다.
그는 위험한 물질을 취급하는 회사 운영자이다.
사나운 말 때문에 상처를 받은 분들도 계시리라.
행여나 그의 예민함으로 힘든 분이 계셨다면
이제는 그를 용서해 주세요.

그는 손익을 따지는 사람이 아니지만,
선악 앞에서는 가혹하다.
그를 보고 '칼 같다'라고 표현한 분이 계셨다.
나한테는 '익은 무우' 같은 사람인데...

* 결곡하다: 생김새나 마음씨가 깨끗하고 여무져서
빈틈이 없다. 이 단어는 신경림의 『시인을 찾아서』를
읽다 발견함.

그의 해외여행 첫 선물

인도네시아 출장 — 그가 혼자 가는 첫 해외일정이었을
것이다.
매일 전화를 잊지 않는다.

그가 선물을 하나 사 들고 왔다.
명품관에 가서 고를 줄은 모를 터...
회사 근처 목공예점에서 확 꽂히기에 샀다고 했다.
남녀가 마주보며 입을 맞추는 작품인데...
볼수록 눈길이 떠나지 않는 물건이긴 했다.

고마워서 그걸 화장대 위에 두었다.
세월 가면서 그 놈이 내 공부방 어디로 밀려났다.
어느 날 그 놈이 눈에 띄었는가 부다.
들고 나오면서 이 놈을 이리 하대(下待)한다고
자기 키스는 바라지도 말라고 한다.

그러면서 다시 그 놈을 화장대 위에 놓는다.
지금도 그 놈은 화장대 위에 놓여져 있다.
사진을 찍어 보았다.

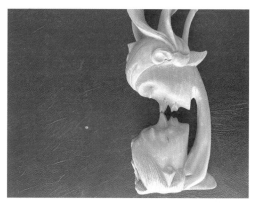

1996년 그의 해외여행 선물

그가 만들어 준 더치 커피

그가 만든 더치 커피(Dutch Coffee)를 좋아한 분들이
계신다.

15여 년 전, 친구 H의 아들 결혼식에 참석한다고 우리는
집을 나섰다. 서울 어디였던 것 같다. 결혼식을 마치고
멀리서 온 친구 B와 함께 근처 카페에 들렀다. 우리 좌석
옆에 묘한 기구가 놓여져 있었다. 자세히 보니 '더치
커피'라고 적혀 있었고, 그이는 그 커피를 주문했다.
'아주 맛나네...' 그는 그 기계를 사진 찍었다. 화학실험
장비 같은 기구여서 그의 눈에 익숙하였던 것이다.

한 달이 지난 어느 날, 그가 박스를 들고 오더니 그
기구들을 설치하였다. 사진에서 본 것과 비슷한 더치
커피 기계였다 — 이것저것 다 모아 그가 조립한
것이었다. 그는 주말에는 거의 커피를 내렸다. 이 커피,
저 커피 번갈아 가면서 내리더니, 드디어 가장 맛난
놈(베트남산 커피였다)을 골랐다고 자랑하였다. 물론 나는
그 기계에는 손도 안 대고 그가 내려 준 커피만 마실
뿐이다. 내가 만지려 하면, '오매... 관두셔... 정확해야

한다...'라면서 손사래를 쳤다. 물방울이 정확한 양과
속도로 떨어져야 하니...... 그의 전공이다.

아주 좋은 찬물로, 거의 12시간 방울방울 내려, 다시
12시간 냉장고 안에 둔 후에야 먹을 수 있는, 손이 많이
가는 커피였다. 특히 여름에 얼음 넣은 아이스커피는
풍미가 최고이고, 연유, 우유를 조금 넣어 마셔도
바디감(맛의 묵직함 정도를 그렇게 표현)이 좋았다.
이젠 누가 커피를 내리지?

그의 생일

그는 음력 7월 26일생이지만 아이들이 자라면서 음력
생일 기억이 어려워 양력으로 바꾸었다. 인터넷에서
50년 호랑이띠를 찾아 그가 들고 온 날짜가 9월 8일이다.

그러고 보니 9월엔 가족생일이 많다 — 4일은 외손녀,
6일은 친손녀, 8일은 그의 생일이다. 외손녀는 멀리
살아서 케이크나 꽃을 그림으로 보내준다. 15세,
16세, 17세... 처녀가 다 되어 간다. 근처 사는 친손녀는
생일케이크를 꼭 사 달라고 하고, 할비 생일에도
케이크를 사자고 한다. '생일 축하합니다'를 해 준다는데
어쩔 도리가 없다. 며느리가 두 번 다 가장 작은 놈으로
골라온다. 그래 이런 것이 사는 재미이지 하면서
케이크를 먹고 또 먹는다.

올해는 당신이 안 계시지만, 우리끼리 생일 파티를 꼭
할 터이니 오고 싶으면 오세요. 생일 밥도 차려 나누어
먹을 테니 그때에도 오고 싶으면 오세요. 앞으로도 당신
생일에는 나 혼자서라도 생일상을 준비할 테니 식탁으로
오시든 내 꿈속으로 오시든 맘대로 하세요.

그는 '막걸리 빚기'를 배울 것이라 했다

그는 애주가(愛酒家)였다.
어릴 적 주전자 들고 막걸리를 사러 갔던 그 추억을 자주
언급했다.
그래서 술을 배웠고, 그 술, 막걸리를 가장 좋아한다.
금정산성 막걸리, (쌀로 빚은) 생탁 등은 나도 안다.

나의 친구 중 전통주(傳統酒) 제조를 하는 친구가 있다.
그를 위해 나는 그녀의 지도로 술을 빚어 보았다.
소위 가양주(家釀酒)*였다.
그 술을 마셔 보곤 반해서
그는 생의 마지막 과제를 '막걸리 빚기'로 정했다.

빈소에서
그 친구는 좋은 제자 한 사람 놓쳤다고 안타까워했다.

술 많이 잡수지 마 하면서도 나도 늘 술을 사다 준다.
퇴근 후, 맛있게 마시는 그 모습이 달콤했기 때문이다.
마누라와 술이 있는 내 집이 제일 좋다고 하니...

장례 때, 그의 대학교 친구가 이런 말을 했다.

'정태, 술 많이 마셨습니다.'

어머나... 나는 평생 그가 취한 모습을 몇 번 보지
못했는데......

---

* 가양주(家釀酒): 전통주로 곡식과 천연발효제인 누룩과
물을 원료로 하여 숙성시킨 술.

그의 인생에서 마주한 인연들

그의 생애(生涯)를 다시 돌아보았다.
삼천만 년을 돌아야만 만나진다는 인연(因緣)들.

그가 가끔 그리워하는 어머니와 아버지. 4남1녀의
막내로, 형님과 형수님들의 사랑과 도움을 받았다.
무엇보다 십여 년 전에 먼저 가신 누님을 자주
그리워했다. 그래서 자형과 자형의 새 짝지 누님을 그는
유달리 사랑했다. 이제 한 분 남은 형님과 형수님에게는
술만 취하면 전화를 드린다. 많은 사촌들과의 교류도
좋아하였고, 그들과 만나면 개구쟁이가 되었다.

그리고 처형, 어쩌다 보는 처남들. 나의 친정 조카들.
친구 같은 사돈들.

고등학교, 대학교를 함께 다닌 친구들. 그중에서는
부부(夫婦) 동반하여 만나는 친구들도 계신다.

회사에서 업무로 만났지만, 이제는 동생같이 친하게
지내는 분들. 공적 관계로 알았지만, 개인적으로
편애(偏愛)하는 몇 분들. 지역에서 친교로, 때론
운동하면서 만나는 분들.

그의 사후(死後), 유독 생각나는 분들이 계셨다.
79년부터 인연 맺은 S선생님,
2, 30대에 어느 누구보다 붙어 다니다 먼저 가버린
친구 J,
그를 어느 누구보다 믿어 주신 50여 년 우정의 S회장님,
그와 자주 점심을 잡숫는 J회장님과 몇 분들......
그와 그분들과의 인연에 그저 감사할 뿐이다.

마지막으로 부부, 부모자식의 연으로 만난 가족들.
다시 만나서, 다시 아름다운 연(緣) 맺기를......

그의 회사 물건들을 정리하면서

그의 사무실을 빨리 비워 드려야지······
'천천히 하셔도 됩니다'라는 K전무님 말씀은 있었지만
회사란 살아 움직이는 생물(生物) 같은 곳.

장례 마치고 아들 내외와 들렀다.
나는 그의 사무실에 처음 들어서 보았다.
그이처럼 수수하였고 잘 정돈되어 있었다.
개인용품 같은 것은 담아 왔다 — 그의 유품이었다.
'가족사진'이라 표시된 usb, 이런저런 약들이 있었다.

입을 꾹 다물고 아들은 짐을 차로 옮긴다.
그가 앉았을 것 같은 소파의 엉덩이 자국이 새삼스럽다.
일요일이라 일부러 출근해 주신 H과장께 인사드렸다.
'사장님...' 하면서 그는 또 눈물 흘린다.

모두 다 도와주셔서

그가 사장(社長)으로 그의 소임을 다 할 수 있었고

회사가 그만큼 발전할 수 있었을 터...

행여나 그가 고함지르고 욕도 했다면...

다 용서해 주세요.

그가 사랑한 '한영'*의 무궁한 발전을 빕니다.

* 그가 근무한 회사를 우리는 늘 '한영'이라 부른다.

때로는 '굽히면 온전할 수 있다'는 말

그의 사무실에는 '曲則全(곡즉전)'이 적힌 족자(簇子)가
걸려 있다. 대학 서예반이었던 딸이 선물 받은 작품인데
집에 두고 갔다. 뜻을 찾아보고, 나는 그에게 그 글을
자주 응시(凝視)하라고 권했다. 그의 사무실을 정리하러
가니, 여전히 걸려 있다.

앞에서 그를 결곡하다고 표현했듯이 그는 좀 꼿꼿한
편이다. 본인의 처신도 반듯하지만, 남들도 다 그러기를
원한다. 강한 것 같아도, 부러지고 상처받기도 쉬운
성품이다.

'곡즉전'이란 표현은 '노자의 도덕경'에 나오는 글귀란다.

曲則全, 枉則全
(굽히면 온전해지고, 구부리면 오히려 곧아지며)
少則全, 多則惑
(적게 취하면 얻게 되고, 많은 것을 탐하면 미혹되니)

굽힌다는 게 불의(不義)와 손잡으라는 표현은 아닐
것이다. 연구실에서 0.0001mg으로 시비(是非) 가려야
하는 게 그의 일이다 보니 그는 굽이치고 넘실대는 꼴을
좋아하지 않는다.

그러나 세상살이란 늘 넘나들며, 때론 정답이 없을 때도
있다. 그러나 이리 보고, 저리 보고 하다 보면 이해가
되기도 한다.

40여 년 전, 친한 친구 J사장이 돈을 빌려가셨다. 그 후
송사(訟事)에 시달리는 사람에게 돈 달라는 말을 할
수가 없었다고 했다. 그 친구가 등산 중 돌연사(突然死)
하였다. 우리에겐 큰 돈이었는데...... 그는 입을 다물었다.
그래서 나도 다물었다. 맺고 끊기도 무서울 정도이다.
그러나 그는 그 친구를 생각하면 눈물이 맺힌다고 했다
— 함께 부른 노래들 때문이리라.

몸의 아픔에는 둔감한 사람이었다

S선생님께서 빈소에 오셨다. 조문 후, '나 울 것 같아
나갈래요...' 하시면서 선걸음에 가셨다. 그 마음 이해되어
선생님을 붙잡지 않았다.

그가 간 지 145일째 되는 날, 선생님을 만났다. 아들의
센터 오픈을 축하하러 오신다기에 선생님을 뵈러
갔었다. 자연히 그의 병에 대한 이야기들이 나왔다. 어쩜
그토록 자기 몸을 몰랐을까요?

40대 초반 때, 그가 폐렴에 걸린 적이 있었다. 병원
가 보세요라는 나의 말이 나오고 보름이 지나서 병원에
갔다. 옛 사람처럼 병은 시간 지나면 낫는 듯 생각하던
사람이었다.

그리고 그는 전신 화상을 겪은 사람이라 소소한 아픔
따위는 그냥 그냥 넘어가곤 했다.
게다가 늘 하던 운동이 주는 쾌감으로 그 아픔들이
무마되지 않았을까요라는 S선생님의 말씀에 이해가
되었다.

그는 아픔들을 견디고 살아온 사람이었다.
마누라 쳐다보면 좋고
손자들과 놀면 재미나고
아들딸 자랑스러워했던 마음으로
자기 몸 아픈 것 따위는 그냥 견디었던 것이다.
미련한 사람.

그의 화양연화*

그의 화양연화(花樣年華)는 언제였을까?

젊은 시절 — 우리는 맞벌이로 각자도생의 삶을 살
수밖에 없었다. 방 한 칸으로 시작한 신혼이었고
자립해야만 했다. 그러나 가끔은 계산이 틀어지기도
했다.

검소한 생활이 세월에 담기고 아이들은 자랐다. 그이도
죽을 고비를 넘기더니, 차츰 안정되었다. 그 힘든
시간동안 나를 지탱해 준 것은 그의 사랑이었다. 하늘의
별도 따다 줄 듯한 사랑이었다.

젊을 때, 살 곳을 구하다 힘들어서 우리가 한 말이 있다.
무어든 딱 세 채만 사자. 아들 주고 딸 주게. 전후세대는
한국의 성장기를 타고 왔기 때문에 그게 가능하였다.

회사가 안정되면서 그가 살이 찌기 시작하였다.
54세, 62세 — 딸, 아들을 결혼시키고
우리는 숙제 마친 듯 '재신혼기(再新婚期)'에 들었다.

그 5, 60대가 그의 화양연화였던 듯싶다.

잘 살다 가셨네요.
노년의 거북스러움, 추함도 일절 보여주지 않고 가셨네요.
지인 L 여사가 준 '화양연화' 손글씨 카드를 꺼내 보았다.

* 화양연화(花樣年華): 인생에서 가장 아름답고
행복한 시절

그는 나를 절반만 사랑한 사람이 아니었다

교수님들과 출장 가서 잔다고 나란히 누웠다.
어느 분이 '○○(그분의 아들)이 보고 싶어' 하니
모두들 자녀들이 보고 싶다고 입을 뗀다.
나는 아이들보다 남편이 더 보고 싶다니
'어머어머, 그래요?' 하면서 놀란 표정들이다.

'어머, 이런 잉꼬부부는 처음 봐요'라고 한다.
자기들 앞에서 입맞춤한 것도 아닌데, 척 보면 안단다.
'분위기를 보면 알아요. 애인(愛人) 같은 부부시네.'

'살면서 우리가 사랑을 몇 번이나 했을까?'
'잘 헤아려 봐.
30대는 사흘에 한 번, 40대는 나흘에 한 번...'
'맙소사...
그런 계산이 어디 있어. 60대엔 안 그랬잖아...'

책을 보다 아래 구절을 읽어 주니, 딱 자기 맘이란다.

'......맞아, 당신 몸은 처음엔 내가 속수무책으로 빠진 몸이었지만, 이젠 우리 아이들을 키운 몸, 달랜 몸, 생명을 만든 몸이야. 당신 몸이 할 수 있는 그 모든 것을 알기 전까진 진정한 사랑이란 게 뭔지 몰랐어. 이제는 그걸 알고 매일 사랑에 빠지지. 그러니까 당신에게 고마울 뿐이야...' *

그는 나를 절반만 사랑한 사람이 아니었다.
다시 그가 가까이 온다면 사랑할 것인데...

* 앤 카슨. 『남편의 아름다움』(2016). 12쪽.

3부
이제, 그는 옆에 없단다

그냥 그가 먼 산책을 갔다는 정도이다

자녀가족들이 다 가 버리고 나니, 집이 휑하다.
나 혼자의 첫날, 눈을 뜨니 설렁하다.
'말러(Mahler) 5번'을 크게 틀어 놓고 몸을 움직인다.
음악소리라도 있어야 혼자임을 잊기 때문이다.

10여 년 나가던 요가교실에 다시 나가기 시작하였다.
퇴직하고 시작한 가곡교실에도 나갔다.
몇 분들이 눈인사를 하지만, 그들은 남편을 모른다.
그의 이야기를 안 하니, 나도 울지 않아도 된다.

이웃은 모른다.

검은 상복을 입고 다니는 것도 아니니...

마주친 친한 15층 언니에게는 이야기했다.

둘이서 울었다.

그리곤 태연한 얼굴로 나는 들락거린다.

멀리 산책 나간 그이가 곧 돌아올 것만 같다.

혼자로구나, 완전 혼자야

오페라 교실에서 '엘렉트라(Elektra)'를 감상했다.
아버지 아가멤논(Agamemmon)을 잃고 우는 엘렉트라의
독백이 맘을 때린다.
물론 피살당한 아버지를 애통해 하는 마음이야 나보다
더 하겠지만...
그 절규들이 새삼 나에게도 스며든다.

...

혼자로구나, 아, 완전히 혼자야!
차가운 무덤으로 들어가 버리셨고.
어디에 계시는 거예요?
얼굴 들어 저를 바라볼 힘도 없으신 거예요?
우는 시간이 되었네요.

당신을 다시 만날 거예요.
오늘은 절 혼자 내버려 두지 마세요!
나의 모습을 보여주고 싶어요.*

...

* 리하르트 슈트라우스(Richard Strauss)의 오페라
'엘렉트라(Elektra)' 1막에서.

여전히 그는 내 옆에 살아 있다

딸이 유품(遺品)들을 정리해 주고 갈까 하고 묻는다.
자기들이 정리하지 않으면 엄마는 못 치울 거라고.
그이 물건들을 치운다니... 생각도 안 한 일인데......

그래도 떠나는 딸이 당부하길래 조금 정리는 했다.
버릴 것만 간추려서 베란다로 살짝 옮겨놓을 뿐...
지금도 여전히 베란다에 그대로 있다.
그의 삶이 담긴 그것들을 그이 보듯 쳐다본다.

결혼식 날 매었던 그의 넥타이와 결혼시계
잘 어울려, 큰 마음 먹고 사 준 재킷
장인어른에게서 물려받은 베레모
딸이 사 주었다고 좋아하던 지갑
며느리가 사 준 잘 어울리는 골프모자와 셔츠
입으면 십 년은 젊어 보이는 와인색 가죽 재킷
손때 묻은 핸드백 — 그 속의 주민등록증과 운전면허증.

아직도 내 옆에 그대로 있다.

그 물건들은 그의 존재와 부재를 동시에 환기시킨다.

결혼식날의 넥타이와 시계를 찾아
찍어보았다.

이번 주말엔 그의 베갯잇을 갈아야겠다

한 달에 한 번씩 침대시트와 베갯잇을 간다.
그런데, 그가 간 지 몇 달째 들어서는데도 그대로다.
그의 베개 위에는 내가 잠들 때 사용하는 눈 보호대가
놓여져 있다.
그의 눈가리개도 그 자리에 있고, 그의 머리 수건도
그대로이다.
침대 위에는 그의 영정사진이 놓여 있다.
아침에 일어나서 한 번 보고 저녁에 말 건다.

우리는 늘 아침 산책을 나간다
그런데 나를 깨우는 그가 사라져 버렸다.
혼자서는 어색해 아침 운동은 안 나간다.
보다 못해 아들이 나를 데리고 걷고, 뛰기를 반복시킨다.

그의 베개를 본다.

현재로는 전혀 치울 마음이 안 생긴다.

이번 주말엔 베갯잇을 다 갈아야겠다.

곳곳에 숨어 있던 그의 이름이 지워진다

사망 신고를 하고 주민자치센터를 나오면서 울었다.
아고, 또 이런 모양으로도 사라지시네…
곳곳에 숨어 있는 그를 찾아 지운다.

그의 금융계좌를 정리하러 가니, 정지가 되었단다.
그의 지하철 경로카드를 슬그머니 대어 보니,
정지된 카드란다.
후불교통카드가 광안대교 입구에서 소리가 안 난다.

30여 년 전에 든 보험에서 '사망보험금' 문자가 왔다.
반년 전에 든 간병보험(이름도 다 모른다)에서 상세한
진단서를 요구한다. 혹시 암인 줄 알고 가입한 것이
아닌가 해서… 확인 사살(射殺)을 받았다.
아파트 관리비, 신문대금 계좌도 바꾸었다.

그의 명함이 보이기에 사용 안 하는 내 지갑에 넣었다.

그의 군복에 붙은 낯익은 명찰, 그의 자동차면허증도.

골프가방에 붙은 그의 이름을 물끄러미 쳐다보았다.

그의 집도 명의가 바뀌어야 한단다.

이젠 그이 것은 자꾸 없어진다.

요즘 사장님이 안 보이시던데...

우리는 근 40여 년을 아침 운동을 했다.
광안리 살 때는 백사장에서,
구서동에서는 산이나 아파트 마당에서.

이 동네에 산 지도 어언 30여 년.
그는 비가 오나 눈이 오나 아침 운동을 나간다.
공기 좋은 이 동네를 참 좋아했다.

어디 다녀오다 아침 산책에서 만나는 이웃을 만났다.
'요즘 사장님 안 보이시던데...'
'아, 예...'
웃으며 인사하고 지나치자마자 눈물이 난다.

'아고, 보기 좋제...'라 하시던 그 이웃형님을 만나면
뭐라 하지.
그 형님은 남편을 보내시곤 일 년을 나오지 않으셨다.
한참 손 잡고 위로 드렸던 기억이 난다.

그이를 잘 아는 분들을 만나면
만난 순간 반갑게 웃다가,
이내 눈물을 글썽거리는 꼴이 반복된다.
그래서 그들도 나도 애써 피한다.

사진 속에서 그를 다시 찾다

그의 사진들이 곳곳에서 나를 반긴다
거실과 내 공부방에 그가 웃는 사진액자가 있다.
화장대 거울에는 사진이 연도순으로 붙어 있다.
범어사에서, 성지곡 수원지에서, 골프장에서...
그리고 이집트와 페루에서 등등으로...
그의 웃는 얼굴이 곳곳에 놓여 있다.

지인께서 영정사진을 장롱 안에 넣어 두라고 하셨다.
자꾸 보면, 영혼이 못 떠난다는 말씀이었다.
그러나 나는 그를 도저히 장롱 속에 숨겨 둘 수가 없다.
그의 큰 사진은 여전히 침대 옆에 있다.
저녁엔 하루 일을 그에게 이야기한다.

대부분 다 그이가 웃는 사진들이라, 정답다.
그가 군복을 입은 사진,
신혼 때 찍은 젊은 사진,
딸 결혼식 사진,
며느리를 상견례한 날 사진,
미술전시회에서 솜씨 좋은 작가가 찍어준 부부사진.

당신이 거기 있다고 믿을 터.
당신도 나를 떠나지 못하고 거기 있네.

2013년쯤 어느 미술관에서

1975년 군복 입은 모습

차마 꿈엔들 잊힐 리야

퇴직 후 '가곡교실'에 등록하여 7년째 나가고 있다.
이런저런 '즐거운 생활'도 하지만 노래를 부르는 것은
대단한 건강관리다.
주옥같은 가사에, 멋진 멜로디에,
멋진 선생님에, 멋진 동료들까지.

그런데, 그가 간 뒤부터 가사(歌詞)들이 달리 다가왔다.
그 글들이 바로 그의 마음, 나의 마음이었다.

'그대 비록 힘들어도 슬퍼하지 말아요
그대 향한 나의 사랑, 빈 가슴 채워 주리니
그대 비록 혼자라도 서러워 말아요
내 노래가 그대 곁에서 벗되어 주리라(이하 생략)'*

그가 나에게 말을 건넨 듯하였다.
듣고 또 들었다. 그의 맘 같아서.

'별이 내리는 강 언덕
그대와 정답게 앉아
빛난 별 여울져 흐르는
말없이 바라보고 있네
길섶 속에 풀잎 타는 향기
강물 따라 흘러서 가고
밤을 지새우며 꽃잎 밟는
그늘진 그대의 모습(이하 생략) **

그가 여전히 내 옆에 있는 듯하다.

아, 차마 꿈엔들 잊힐 리야......***

* 비록(다빈 작사, 이안삼 작곡)
** 별이 내리는 강 언덕(하옥이 작사, 김동환 작곡)
*** 향수(정지용 작사, 김희갑 작곡)

남편을 먼저 보낸 그녀를 깊이 안아 주었다

배우자를 잃은 친구들이 더러 있지만 정말 몰랐다.
친구들을 더 오래오래 안아 주어야 되는 것을...

남편과 같은 서클이었던 닥터 K의 부인이 오셨다.
그녀에게 미안하다고 했다.
그녀는 나보다 더 울었을 것이다.
그녀가 나를 오래오래 안아 주었다.
그리곤 위로의 음악을 여러 번 보내 주셨다.

매우 친한 P샘에게선 연락이 없었다.
석 달이 지난 어느 날, 그의 문자가 왔다.
자기는 믿기지 않아, 갈 수가 없었다고.
통곡을 할 수 있는 숨은 곳에 갔다 왔다고.
거기에서 정태 이름 불렀다고...
내가 위로해 드렸다.

슬픔을 표현하는 것은 다행스럽다.

누가 도와주지 않아도,

그걸 안고 살살 문지르면서 가는 게야.

누가 도와준다면, 그건 매우 고마운 일이야.

전화하고 싶지만 못했다는 표현도 참 좋다.

그렇게 오랜 세월

이심전심의 마음으로 살아온 게 다행이다.

혼자서 춥지 않니-친구의 선물

대학 졸업하고 한 번도 못 만난 친구에게서 문자가
왔다. 소식 들었다면서... 친구가 손수 만든 '곡물(결명차)
핫팩'을 보내주었다. 곡물 핫팩 — 호주여행 가서 사 온
게 있어 그 위력을 잘 안다.

너무나 반가워, 나의 책『모녀 5세대』를 보내 주었다.
함께 다닌 여고와 대학시절 이야기가 간만에 좋았다고
했다. 뒤늦게 그의 사위와 나의 딸이 대학 동기(同期)라며
놀라는 문자가 왔다. 친구 덕에 겨울 내내 그 따뜻한
놈을 안고 잘 지냈다. 나도 외로운 누군가에게 이 놈을
선물해야겠다고 생각했다. 그를 잠시 잊게 해준 최고의
선물이었다.

나는 소파에서 그의 손이나 다리를 잘 잡는다.

'아고, 여보, 좀 치우게.'

그러든지 말든지 나는 따뜻한 그의 몸이 좋았다.

그이는 얼음처럼 사라져 버렸고,

이 핫팩이 나를 데워 준다.

나는 너로 살고 있네

내 몸이
흐르는 물처럼 당신 몸 안으로 들어가 담기는 상상을
합니다.
당신 몸 안에서 출렁이는 상상을······
(중략)

당신 얼굴로
내 손을 가져갑니다.
그럴 수만 있다면,
당신 얼굴에 떠오른 표정을 내 얼굴로 훔쳐오고
싶습니다······
(중략)

나는 당신을 기다리고 있습니다.
기다리다 보면 당신이 나를 데리러 올 것 같습니다.*

* 김숨.『너는 너로 살고 있니』. 179쪽, 202쪽.

그 무엇으로도 대신 채워 줄 수 없는

나는 그의 몸이 따뜻해서 그에게 잘 들러붙는다.
잠든 그이 팔을 당겨서 베고 눕는다.
그리곤 그의 배와 가슴을 쓰다듬다 잠이 든다.

'일어나요'라면서 내 얼굴 만져 주던 손이 사라졌다.
출근하는 사람, 돌아 세워 입 맞추고 보냈는데......
퇴근하고 거실에 들어서서는 윙크했는데......

업무 차, 집을 비울 때 외에는 우리는 내내 함께였다.
아직도 한 침대에서 주무세요?라는 놀림도 받았건만
같이 있는 게 편하다.
그런데, 나를 이리 혼자 두고 속수무책으로
가 버렸으니...

그래서 요즘은 상의를 바지 속에 단단히 넣고
요가의 사바사나(savasana, 시체 자세)로 누워,
잠을 청한다.
'여보 잘 자, 나 잔다......' 하고, 호흡 몇 번으로 잠에
떨어진다.
다행히 나는 잘 자는 과(科)에 속한다.
나 몰래 밤에 왔다 갔을까? 어느새 아침이다.

꿈에라도 만나 봤으면

언니가 묻는다 — '임서방 꿈 꿨어?'
'아니, 이이는 뭐 하는지...... 안 보이네.'
언니 말 듣고 보니, 꿈에라도 좀 나타났으면 싶었다.

100일 즈음에 막내 형수님이 전화를 주셨다.
'나, 삼촌 만났어.'
'오매, 형님. 삼촌은 어땠어요? '
'나보고 웃더니...... 슬그머니 가 버렸어.'
형님 100일 기도 덕인가 부다.
형님은 맘이 안쓰러워 혼자 100일 기도를 하셨다.

그리고 며칠 후 며느리가 반갑게 전화한다.
'아버님 뵈었어요...'
'부러워라. 얼굴은 어떠시든? '
'빙그레 웃으시더니, 나 간다 하시면서 가셨어요.'
'그 말밖에는? '
'그래서 놀래서 잠이 깼어요, 어머니.'

무정한 사람이네
내 꿈엔 출현도 안 하고...

꿈꾸었다는 소리들이 너무 반갑다.
언제나 볼 수 있으려나...

엉개를 보니, 그가 또 생각났다

4월 초, 어김없이 시장에 두릅과 엉개*가 나왔다.
그는 이 나물들을 참 좋아했다.
특히 엉개는 몇 차례나 먹곤 했다.

올해도 어김없이 엉개가 보였다.
그이 생각을 하면서 엉개를 샀다.
주말에 오는 아들더러 아버지 대신 잘 먹으라 했다.
반은 초고추장에 찍어 먹고, 반은 양념으로 무쳤다.

어디 이 반찬뿐이겠는가, 그가 생각나는 것들이...
부추를 무치면서...
크림치즈를 베이글에 바르면서
야채에 발사믹을 뿌리면서...
특히 혼자 비타민을 넘기다 울컥한다.

그가 손수 만든 수삼주(水蔘酒)가 그대로다.
21년산, 20년산 이름표를 붙인 채 나란히 있다.
가족모임이 잦은 지인들에게 드릴 것인데... 술 드리기가
조심스럽다.

중국집에 가면 그가 좋아한 '양장피'가,
일식집에서는 그가 좋아한 '스시'가 나를 울린다.

* 엉개: 두릅나무과인 엄나무의 순.

그의 눈, 코, 입

물끄러미 그의 사진을 바라본다.
눈, 코, 입...* 그 느낌이 그대로 내 몸에 전해져 온다.
눈은 좀 매섭고, 코는 조금 작고, 입꼬리는 섹시하다.

화상으로 상처 난 피부가 많이 야물어졌다.
영양크림을 내내 사 주었더니 그나마 피부가 좋아졌다.
그는 멋진 머리카락을 가졌다.
은발에 약간의 회색빛이 감도는 빛깔이 매력적이다.

허리가 굵어져 두 팔에 겨우 감긴다.
벨트가 불편하다기에 멜빵을 사 주었다.
내 눈엔 달리 보여 좋은데 그는 어색해한다.
샤워 전에 벗고 세면대 앞에서 면도를 한다.
가끔 내가 물끄러미 바라보면 눈 흘긴다.
때로는 보지 말라고 몸을 옆으로 돌리기도 한다.

발톱 깎아 주며 유심히 본 그의 발가락
아파하면서 가끔 호호 불던 그의 손가락
늘 그 자리에 앉아 있던 그의 매무새......
그 몸은 이제 다 녹아 버렸다.
백골로 저 깊은 심연에 누워 있다.

* 가수 태양의 '눈, 코, 입'을 듣다 적은 글이다.

내가 너무 당신을 혹사했는가

책을 보다, 울컥했다.

우리는 '한 번', 몸이라는 형체를 받고 태어나며,
죽을 때까지 내 몸을 잊지 않고 살아간다.

그렇게 살면서 무언가를 소유하기 위해
해치고 다투면서 몸과 마음을 상하게 하는 것이
마치 말 달리는 것과 같아 막을 수가 없으니 슬프다.
또 종신(終身)토록 노역을 당하다가 시달려 죽게 되니
허무하고 허무하다.*

살아가는 것을 '달리는 말'에 비유한 이 글을 읽으면서
곤고(困苦)하게 직장생활을 해 온 그이에게
새삼 미안한 마음이 들었다.

나의 선생 노릇과는 달랐을 것이다.
늘 제품개발과 판매에 시달리는 그의 삶은 달랐을 것이다.
새벽에는 하루를 준비하고, 밤에는 또 뭔가를 내내
궁리하던데...

말없이 앉아 있던 날도 있었다.
며칠 머리를 싸매더니 '대상포진'이 오기도 했다.
'왜 골치 아픈 일이...'라고 물으면,
'당신은 몰라도 돼...' 한다.
그래서 난 모르고 살았는데...
그냥 내 마음이 아프다.

* 정용선.『장자, 고뇌하는 인간과 대면하다』.
234쪽('장자'의 '제물론'에서).

그가 여전히 살아 있다고 믿고 싶다

아이들과 밥을 먹는다고 식탁에 앉으면
그 자리에 그가 있는 듯하다.
미소 지으며, 손주들 입을 바라보고 있는 듯하다.

아침에 눈뜨면, 거실에 그가 있는 것 같다.
'여보' 부르면 내게 와 줄 것만 같다.
대신 오페라 아리아를 크게 틀어 놓는다.
혼자임을 잊기 위해 동무가 필요하듯...

저녁 요가를 하고 들어서면 늘 그는 나를 기다린다.
'뭘 기다려, 주무시지 않고...'
'당신 없이 잠이 오냐...'
그런데 지금은 그가 없다.
혼자 덩그러니 TV를 켜고 앉는다.
별 수 없이 혼자 잠들어야 한다.

남편이 좋아한 C사장님이 전화를 주신다.
그이 이야기가 아닌, 다른 이야기였는데
끊고 나니, 눈물이 쏟아진다.
잠시 잊고 지내다 다시 그이가 보고 싶어진 것이다.

그가 여전히 살아 있다고 믿고 싶다.*

* 김진영. 『낯선 기억들』. 44쪽.

그의 그 찬란함을 기억하며

새해 아침, 함께 산에 오른다.
그날은 좀 특별한 마음으로 오른다.
그는 늘 가던 그 돌 바위 위에 올라선다.

먼저, 나를 찍어 준다.
그리곤 자리를 잡고 새해 아침 해를 찍는다.
한참을 지나서, 사진들을 나에게 보여 준다.
'올해도 재미나게 삽시다'라고 속삭인다.

7월, 내 생일 아침엔 어김없이 입을 맞추어 준다.
'당신, 또 한 살 먹네.'
23살부터 지금까지 매년 헤아려 주었는데...
생일날 밤은 그냥 보낸 적이 없는데...

돌아간 그해 7월은 처음 그냥 넘어가더라.
그때 알아차렸어야 했는데...
그의 진(津)이 빠지고 있었던 것을...
그의 그 찬란함이 사그라지고 있었던 것을
그때 왜 그러느냐고 따져야 했는데...

그냥 늙어 가는 중이라고 맘대로 생각했다.

다시 새벽운동을 시작했다

40여 년을 아침 운동을 하던 우리 부부였다.
장례 후, 혼자 지내는 나를 아들이 자주 만져 주었다.
아들은 '전문 트레이너'이다.
그이는 아들의 '손 만짐'을 매우 흡족해했다.

오랜 시간 책을 들고 지냈더니, 목과 어깨가 무거웠다.
'목이 눌려서 그럴 거예요... 이번 주말부터는 달립니다.'
주말 라운딩도 안 가고,
책만 안고 있는 내가 걱정이 되었는가 부다.

그래서 아들과 주말에 새벽운동을 나간다.
근처 '스포원'이나 '부산대학교 트랙'이다.
어린 시절 학교 육상선수였던 나는 달리기가 참 좋다.
100미터 질주시간이 잘 나온다고 아들이 칭찬한다.
걷고, 뛰고, 빠르게 걷고, 빠르게 뛰고의 반복.

기분이 상쾌해진 나를 집 앞에 내려 주고 간다.

사과를 먹고, 커피를 내리는 주말이다만...

사실은

'여보, 같이 안 하니... 재미없어...'의 맘이다.

그러나 그이가 있을 때와 없을 때가 다르다

'좀 어떠세요?'
주말에 딸의 문자가 날아온다.
저 멀리 멀리 살고 있고,
세 아이 엄마에, 직업 여성이라 딸은 매우 바쁘다.

'뭐, 내내 그래. 잘 지내...'
'동생은 자주 오지요?'
'그럼, 주중에 한 번 오고 주말엔 식구들 다 오고...'
'맛난 것 많이 잡수세요.'

내가 뭘 잘못 처리하면, 매섭게 나무란다.
섭섭한 내 분위기를 느끼곤
'내가 지적 안 하면 누가 그러겠노... 교수님한테' 한다.

나는 잘 잊어버리기도 하고, 세심하지도 않다.
'엄마, 그건 그게 아니지...'
고난도 직장 생활에서 배었는지 비논리적 상황은 잘
지적한다.

예전에도 이런 나의 불평을 듣고,
그이는 내 딸 잘한다며 웃었다.
야무지지 않다고 나를 타박하기는 부녀가 닮았다.
그러나 그이가 있을 때와 없을 때가 다르다.
눈물이 난다.

그가 간 지 100일째-묘지에 갔다

그가 간 지 세 달이 지나 100일째 되는 날이다.
아들 가족과 산소에 가기로 했다.
통도사 가는 길은 늘 정답다.
익숙한 도로를 지나 삼거리에서 좌회전하면 공원길이다.

며칠 바람이 많이 불었는데......
공원의 여기저기에 조화(弔花)들이 흩어져 있다.
아이들은 열심히 주워서 꽂아 준다.
임자를 모르는 것들은 들고 와 할비 앞에 둔다.

오늘은 화분에서 작은 순을 하나 떼어 산소에
이식(移植)해 보았다.
다음 주 올 때까지 살아 있으려나... 하면서.
잔디도 손을 좀 보고 싶건만, 계약상 아무런 처치도
못한다.
5월이 되면, 좀 파릇파릇해지려나...
그가 좋아했던 추어탕 집에서 우리끼리 늦은 점심을
먹었다.

이 글을 쓰는 오늘은 2023년 4월 24일이다.

그동안 산소엔 13번을 갔다.

식구들과도 가고, 그이를 그리워하는 분들과도 가고...

200번, 300번 채우면 마음이 편해지려나......

다시 슬픔이 차오르다

4월 말 경, 아들이 Training Center를 오픈했다.
그이의 죽음으로 조금 미루어졌다.
그이는 아들이 빨리 독립하기를 원했다.
그만한 솜씨면 능히 잘할 것이라고 믿었다.

멀리 사는 누나 부부의 '대박 나세'라는 화분이 일등으로
도착했다.
소식을 들은 지인들께서 축하 화분을 보내 주셨다.
멋진 화분을 보면서 아들은 또 울었다고 한다.
아버지 생각이 나고, 아버지 덕분이었다고.

손자가 내게 이른다 ― '엄마가 또 울었어요'.
'할머니, 나도 할아버지 사진을 보면 마음이 슬퍼져요'.

슬픔이 차오르기도 하고
그 슬픔이 차츰차츰 옅어지기도 하고
그 슬픔을 또 가끔은 잊어버리기도 하겠지.
전부 잊혀지지는 않을 게야.

봄이 되어 꽃이 피고 초록이 자라네

나는 어디로 가는가?
나는 산으로 들어가네
내 고독한 마음의 평화를 찾아
집으로, 내가 쉴 곳으로 간다네!
다시는 외국으로 떠돌지 않으리
내 마음은 잔잔하며 그때를 기다리네!
사랑하는 세상 어디서나
봄이 되어 꽃이 피고 초록이 자라네!
어느 곳에서나 저 먼 곳까지 밝고 푸르게 빛나네!
영원히... 영원히......*

그가 간 지 200일째-호미를 샀다

아들, 며느리, 손주들과 자주 산소에 들른다.
5월에 들어서니 묘지엔 파릇파릇 풀들이 올라온다.
잡초가 많아 손으로 솎아 내다 호미 생각이 났다.

나는 밭일이라곤 해 본 적 없다.
잡초인지 아닌지도 잘 모른다.
그런데 그의 묘지 주위에 엉성엉성 삐져나와 있는
그 풀들이 싫었다.
작은 화분이라도 가져다 놓고 싶고, 들꽃들도 묘종하고
싶지만......

쿠팡에 '호미'를 치니 여러 가지 것들이 있었다.
천 원부터 만 원까지 다양하였다.
그를 위해 예쁜 호미를 사고 싶었다.
세트로 된 호미와 삽을 주문하였다.

다음 주엔 요것들을 들고 그에게 다시 갈 것이다.
인사를 하고, 풀을 다듬고, 물을 뿌려 주고 올 것이다.

에고, 보고 싶어라^^

나는 다시 살아 볼 수 있을 것 같은 생각이 들었다

짝을 잃고 나니
마치 마른 나무 같고, 마음은 죽은 재 같으니...
드디어 나를 잃은 듯하다.

그러나 상아(喪我)의 상태는
오히려
세상의 모든 소리를 들을 수 있는 귀를 갖게 되고,
모든 사물을 놓치지 않고 보는 눈을 갖게 되며......
동요하지 않고 휘둘리지 않으며,
들을 뿐, 볼 뿐, 사로잡히지 않는다......

그래서
나는 다시 살아 볼 수 있을 것 같은 생각이 들었다.*

이 글을 마치는 지금, 나는 제법 그를 마음 아래로 밀어
넣을 줄 안다.
불쑥 올라오기도 하지만, 이젠 제법 잘 눌리기도 한다.

처음엔 그의 이름만 나와도 어김없이 눈물샘이
작동했다...
이젠 그 연결이 조정(調整)된다.
'여보, 가만히 있어... 지금은 나 건들지 마.'
내 오장육부로 그를 당겼다 밀곤 하면서...

여전히 그는 그림자로 나와 같이 살지만
나는 (그이 몫까지) 더 재미나게 살아야 할 것 같다.

* 정용선.『장자, 고뇌하는 인간과 대면하다』. 240쪽.

임정태(林政太) 연보

임정태(林政太) 연보

* 이 연보(年譜)는 아내 이기숙의 기억에 의존하여 작성되었다. 가
족관계등록부 등에 나타나는 사실들에 의거하여 정확히 적고자 하
였으나, 고인(故人)의 사회생활 부분에서는 기록이 없어 기억 나
는 상황 중심으로 정리하였다. 혹시 오류가 있으면 이는 전적으로
아내 이기숙의 잘못임을 밝혀 둔다.

1950년   9월 8일 임용찬(林龍贊)·양계순(梁季順)의 4남1녀 중
         4남으로, 부산시 전포동에서 태어나다.

1958년   전포초등학교에 입학하다.
         이 학교는 부산진구에 위치하며 1956년 개교하였다.

1966년   부산중학교를 졸업하다.
         (구슬치기 등을 하며 내내 놀다가 명문 부산중학교에
         붙었다고 형님들이 놀라셨다고 했다.)

1969년   부산고등학교를 졸업하다.
         (꿈이 멋진 파일럿(pilot, 비행기 조종사)이어서 공군사관
         학교를 지원, 시험에선 합격했으나 신체검사에서 떨어졌
         다. 그때 처음 본인에게 '고혈압'이 있다는 것을 알았다고
         했으며, 50세부터 고혈압 약을 복용했다. 아버님과 두 형

님이 다 '뇌 질환'으로 고생하셨기에 그는 '뇌'만 걱정했다.
만일 그가 공군사관학교에 붙었다면, 장담컨대 아주 훌륭
한 파일럿이 되었을 것이다 ── 세심하고 균형감각 있고
잘 버티는 그의 성격에 잘 맞을 듯하다. 파일럿은 그의 꿈
이었지만 그 길로 갔다면 당신을 만날 수 없었을 것이므
로 괜찮다고 했다.)

부산대학교 공과대학 섬유공학과 입학.
(대학시절 ROTC(Reserve Officers Training Corps, 학생
군사교육단: 초급장교 충원을 위해 종합대학에 설치된 학
생군사훈련단. 1961년 창설)로, 3학년부터는 제복을 입고
다녔다. 교내서클 '바인(vine)' 6기로, 이 동아리에서 아내
이기숙을 만나다.)

1973년 대학 졸업과 동시에 육군 ○○○○에 근무하였다.
(그가 보낸 군사우편에 찍힌 소인(消印)에서, 그가 충청
도 ○○에서 근무한다는 정도만 알았을 뿐이다. 그는 통
신병과였고, 매주 편지를 보내 주었다.)

1975년 군 복무를 무사히 마치고 전역하였다.
마산 (주)한일합섬 기획실에 취업.
11월 23일 결혼.
(당시 아내도 취업이 되어 본격적인 맞벌이 부부가 되었
다. 마산으로 출퇴근이 용이한 '부산진구 서면'에서 전세
로 신접살림을 시작하였다.)

1977년 아버지께서 별세하셨다. 10여 년간 중풍으로 고생하시다가 가셨다.

딸 지현 출생.

자녀 양육을 위해 '남구 대연동' 처가로 이사하였다.

1979년 부산시 남구 소재 (주)동명산업(동명그룹 소속, 1978년 설립)으로 이직.

1980년 '수영구 광안리'에 생애 첫 아파트를 분양받아 이사.

(큰댁에 계시는 어머니를 모시고 왔다. 어머니는 큰집과 막내 집을 왔다 갔다 하셨다. 마침 누나 댁이 근처 남천동이어서 어머니와 아이들은 고모 댁에 자주 놀러 갔다.)

이 시기쯤 그는 테니스를 하다 허리를 다쳤다.

(외과 치료를 받던 중 친구 K의 소개로 S선생님을 만나 수기치료에 들어갔다. 어머니께서는 S선생님을 은인으로 여기셨다.)

이즈음 그는 고교 동기모임인 '청조22'에 부지런히 나갔다.

1981년 아들 병권 출생.

(시어머니께서는 당신 생(生)의 막내 손자라고 이 아기를 참 애지중지하셨다. 어머님의 손자는 친손과 외손을 합쳐 12명이었다. 바쁜 직업여성 어머니를 둔 우리 아이들은 할머니의 돌봄과 사랑을 많이 받았다. 이 시기 큰집의 조카들도 우리 집에 자주 오면서 우리 아이들과 잘 지냈다.)

1988년 (주)동명산업이 내외적 이유(유명한 '동명목재 참사')로 정상 운영이 힘든 상황이 되어, 그는 당시 함께 근무하던 상사(上司)가 설립한 회사로 옮겼다가, 얼마 후 '세우(世友)상사'를 설립하였다.

(독립하여 분명히 힘든 시기였다고 생각되나, 그의 어려움에 대해서는 내가 기억하는 것이 별로 없다. 분야가 너무 달라 나의 이해도 낮았고, 나도 나름 직장생활로 바빴다. 이 시기 회사 재정 문제로 내가 먼저 말을 꺼낸 적이 있는데, 그는 당시 나에게 '집의 돈'을 건드려 사업을 하지는 않을 것이라고 했고, 그래서 나는 모은 돈으로 좀 더 큰 아파트를 분양받았다. 회상하건데, 당시 그는 나보다도 누나에게서 위로를 더 받았는 듯하다. 주말에 누나 집에 놀러 가면 그의 표정이 밝았다.)

1992년 회사에 화재가 났다. 반응부가 터졌고, 회사 내에 있던 직원과 그이가 심한 화상을 입었다(이 부분은 나의 책『모녀 5세대』에 자세히 적혀 있다).

(그때 수습에 수고하신 자형과 병원에서 자신을 챙겨 준 큰 처남에게 늘 고맙다고 했다. 이 화재로 다친 그를 보며, 앞으론 싸우면 안 되겠다고 생각했다. 나는 92년 7월에 미국 소재 대학에 방문교수로 나갈 예정이었으나 일단 연기했다.)

'금정구 구서동'으로 이사.

1993년 (주)화승 근무.

(당시 화승은 접착제 분야를 확대키로 하였고, 전부터 자문을 요청한 화승의 H전무와 남편은 고교동기였다. 그가 병원에 와서 '오라 할 때 왔음, 큰 일도 없었제...'라고 했다. 손에 붕대를 감은 상태에서 화승에 출근하였다.)

(재미나게 일하는 중에 화승 내부의 문제로 그를 영입한 H전무가 나가고, 그는 그를 잡는 새 전무의 손을 뿌리치고 퇴사하였다. '사람이 그럼 안 돼...'라는 표현을 그때 들었다. '아니 여보... 그래도...' '글쎄, 당신에겐 미안하지만...' 대체로 이런 분위기였고, 그 후로도 그는 그 새 전무의 이름을 듣는 것조차 싫어했다.)

1994년 딸이 부산과학고등학교(지금 '한국과학영재학교')에 입학. 운동을 좋아하는 아들은 아빠와 야구, 테니스를 열심히 하였다.

1995~1996년 (주)한영산업('(주)한영인더스트리'의 전신) 설립에 참여하다. 대학 동기인 S사장과 새로운 화학회사(합성수지 및 기타 제조업)를 설립하여 CTO(Chief Technology Officer, 기술개발총괄 책임자, 회사에서는 '전무'라고 불리었음)로 운영을 맡게 되었다. 이때부터 연구와 품질관리라는 두 과제에 들어선 그는 매우 바빴다.

(그가 파야 할 우물을 찾은 듯하여, 나는 다시 방문교수로 나갈 준비를 했고, 아이들은 잘 자랐다. 96년 7월에 나는 중학교 2학년인 아들을 데리고 미국 매릴랜드대학교 '여

성학과' 방문교수로 나갔고, 어머니께서는 다시 큰집으로 가셨다.)

1997년 어머니께서 별세하셨다.
딸이 서울대학교 '산업공학과'에 입학하였다. 그는 혼자 집을 지키며 회사를 열심히 다녔다.

1998년 그는 여전히 회사 일에 머리를 박고 있었다.
디씨엠(주) 사외이사로 활동.

부부는 풀잎사랑을 하면서 살았다.

2000년 결혼 25주년 은혼식(銀婚式)을 양가 가족을 모시고 하였다.
(장모님과 큰 형수의 노래 실력이 대단하셨다. 큰 처남이 〈백만송이 장미〉를 불러 주었다.)

2001년 아들이 신라대학교 '체육학과'에 진학하였고, 2학년을 마치고 군 입대.
(장거리 운전하는 걸 아주 싫어한 그도 아들 면회를 위해서는 춘천까지 운전하면서 갔다. 그 후 아들은 다시 '물리치료학과'에 학사편입 하였다.)

2002년 딸 결혼 및 유학.
(딸과 사위는 함께 미시건대학교 대학원 입학허가를 받고, 전통혼례를 하고 떠났다.)

2003년 장인께서 별세.

(친정 아버님은 처가에 자주 들르는 그에게 고맙다고 했
다. 아버님은 돌아가시기 직전 그의 손을 잡고 '자네는 참
좋은 사람이야... 고맙네...'라고 하셨고, 이 말은 그에게 자
부심을 안겨 주었다.)

2005년 외손녀 채림 출생.

(미국에 유학 중이던 딸이 박사논문을 준비하는 중에 출
산을 하였다. 그해 겨울에는 안사돈께서 들어가 계셨고,
그다음 해인 2006년 여름에 내가 딸이 다니던 미시건대
학교 '사회복지대학원'에 방문교수로 가게 되어, 딸과 함
께 일 년을 지냈다. 그 손녀가 올해 대학에 진학하였다.)

2006년 장모께서 별세.

(누구에게나 본심으로 대하시는 어머님이셨다. 살림 못
하는 딸을 이뻐한다고 늘 사위에게 '임 서방, 장하제...'라
고 하셨다.)

2007년 누님께서 별세.

(누나는 동생을 정신적으로 많이 지지해 주셨다. 오랜 기
간 암으로 투병하시는 누님을 보고 그는 종종 울기도 했
다. 동생과 함께 골프 라운딩을 다녀 와서는 너무 좋아하
셨고, 나보고도 빨리 배우라고도 하셨다. 돌아가신 가족
분들 중에 가장 보고 싶은 분이다.)

2008년 외손 재겸 출생.

(올해로 15세가 되는 외손자-누나와 동생 사이에 끼어 아마도 관심과 사랑을 적게 받았을 것 같은 아이라, 늘 마음을 애달프게 만드는 손자다. 그 손자가 고등학교에 가선 공부도 잘하고 학교밴드 드럼 주자가 되고, 심지어 친구들도 많다는 말에 우린 안심을 했다. 할아버지가 같이 목욕 가고 싶어 하셨는데...)

2010년 아들도 '운동과학'을 더 공부하러 유학을 떠나게 된다.
(혼자 낑낑대며 공부하더니 '오클라호마 주립대학교 대학원' 입학허가를 받고 떠났다. 떠나기 전에 우리 부부와 아들, 이렇게 셋은 사진관에 가서 사진을 찍었다. 아들 목에 금목걸이를 하나 걸어 주었다.)

2011년 큰형님께서 별세.
(큰형님은 그이보다 열두 살이 많으시다. 내가 보기에 그는 큰형님을 참 어려워했다. 둘째, 셋째 형님을 대하는 것과는 다른, 어려워하는 표정이었다. 어머님은 큰아들을 매우 사랑하셨다. 아버님이 퇴직한 후론, 큰형님이 가장(家長)이셨고 그의 대학교 학비는 큰형님께서 번 돈으로 충당이 된 듯하다. 그래서 그는 큰형수님께 잘 하려고 매우 애썼다.)

2012년 (주)한영인더스트리 '사장' 취임.
(그가 새 명함을 나에게 내민다. '회사 이름이 바뀌었네...' '응 그렇게 되었네...' '사장은 월급이 달라?' '아니 뭐......')
(사실 나는 그의 회사 상황을 잘 모른다-왜 이름이 변경

되었는지, 수출탑도 받았다던데 정확히 제목이 어떠한지 등등. 그가 개발한 여러 제품명도 한번 적어 보면 좋을 듯 했지만... 그걸 일일이 찾아보는 것도 민폐려니 여겨... 내 마음만 그러하다.

그가 살이 찌는 걸 보니 마음이 편한가 정도만 알 뿐이다. 그가 자부심을 갖고 일을 하고, 주위에서 '한영' 품질이 세계 1, 2위는 한다고 하시는 말씀들에서 그가 기분이 좋겠구나 정도가 내가 아는 다이다. 그가 좋아하면 나도 좋은 것이니......)

그해 여름에 아들이 결혼하였다.

2013년 친손 지호 출생.
(미국에 유학 중인 아들에게서 반가운 소식이 왔다. 며느리의 임신 소식이었다. 할아버지가 손자 이름을 지어 주셨다.)

2014년 외손 재윤 출생.
(딸이 셋째를 낳았다. 다음 해 딸 가족은 도미(渡美)해서 현재 실리콘 밸리(Silicon Valley)에 거주한다.)

2015년 친손녀 채영 출생 및 아들 가족 귀국.
(귀국한 아들 가족과 함께, 즉 3대(3代)가 7년을 함께 살았다. 언제 조부모와 손주들이 한 집에서 이리 살아 보겠느냐고 하면서 그 상황을 즐겼다.)

아내의 정년퇴직.

(그는 멋진 출판기념회도 열어 주었고 기념여행도 갔다. 골프도 손수 가르쳐 주었다. 그 후 S회장 부부와 여러 군데 여행을 다녔다. 회사 비우기를 싫어한 그였지만 '당신이 가고 싶다니...'라면서 긴 여행도 마다하지 않았다. 여행을 다니면서 보니 S회장은 그이보다 더 애처가였다.)

2019년　'부산고등학교 22회 졸업 50주년 행사' 참석.
　　　　(아내의 특강 '엔딩노트-나의 작은 자서전'이 있었다.)

2020년　둘째 형님께서 별세.
　　　　(이 형님 댁은 어느 누구와도 왕래를 잘 안하는 편이지만, 장조카 덕에 그럭저럭 소식은 든다. 형제 사이에 새 사람이 들어서면서 그 관계가 다소 틀어지는 경우는 종종 있다. 그러나 돌아가셨다는 소식 앞에서는 무조건 다 읍(揖)하고 인과(因果)를 따지지 않는다. 별 수입 없이 사신 형님이시기에 모든 장례경비(장례도 간소하였다)는 거의 그이가 지불했다. '잘 하셨어요... 형님이신데...')

2020년　우리 부부의 70회 생일축하 가족여행-직계가족 11명이 다 들어 있는 사진들이 보물처럼 남아 있다.
　　　　(손주들도 어디든 갈 수 있는 정도였고, 딸 가족이 미국 서부에 사는 관계로 '하와이'로 정하고, 숙박과 자동차 등 준비는 사위가 하기로 했다. 다음 장소는 '알래스카'로 정했다. 당시에. 경비도 나누자는 아이들 제안이 있었지만, 할아버지는 본인이 다 부담하고 싶다고 하셨다. 그리고 2

주간의 여행 일정이 잡혔고, 지금 생각하면 그럴 수 없이 재미난 여행이었다.

2022년 12월 8일, 담관암으로 분당 S대학병원에서 사망하다.
(11월 26일 입원, 30일 중환자실 이송 등으로 그는 후다닥 가 버렸다. J교수와 K교수가 최선을 다해 주셨건만 그의 몸이 치료를 받아 주지 않았다. 그는 '사전연명의료의향서'도 다 준비해 두었고, 평소에도 '빠른 죽음'이 낫다고 하더니...... 정말 그리 가 버렸다. 셋째 형님께서는 '왜 너가 먼저 가느냐'고 하시면서 우셨다. 사망진단서를 받아드니 기가 찼다.)

* 그의 사후(死後)... 남은 가족의 삶은 그래도 진행된다.
2023년 4월 아름다운 봄날, 아들이 그동안 준비하던 운동센터를 오픈했다. 그이가 좋아하시던 분들께서 축하를 해 주셨다(대박 나도록 먼 곳에서 빌어 주오).
6월에는 외손녀가 고등학교를 졸업하였고 그 졸업식에 나는 안사돈과 함께 참석하였다(장학금 준다고 오라는 대학이 많아 고른다고 하니... 이 또한 장한 소식이네요. 계속해서 손주들이 쑥쑥 자라는 소식들이 날아올 터인데 그 세상에서 잘 들으세요).

2025년 결혼50주년 금혼식(金婚式)

2027년 77세 희수(喜壽)

2037년 88세 미수(米壽)까지는 같이할 줄 알았는데...
태어나면서 받아온 목숨 값이 그러시다는데 도리가 없
는 일이다. 더 챙겨보면 2047년 99세 백수(白壽), 2050년
100세 상수(上壽)가 남아 있다만, 소용없는 일일 듯하다.

당신을 잘 못 챙겨 이런 일이 생겼는가라는 마음도 들어
요. 섭섭하고 애석한, 그러면서도 죄송한 마음으로 성의
를 다해 당신을 챙겨서 보내 드렸고, 당신이 남겨 둔 것들
도 내가 다 정리 중이니 당신의 죽음은 그래도 괜찮은 듯
하오. 나 두고 가서 마음 아프겠지만 그 또한 어쩔 수 없
는 일. 섭섭하다 여기지 마시고, 잘 지내시다가, 삼천만
년 후에 다시 부부의 연으로 만납시다.

나오면서

마지막 이 글을 쓰는 지금은 그가 떠난 지 300일째쯤
되는 날이다. 교정을 보면서도 내내 울었다. 서투른
표현들도 많지만, 그가 그대로 느껴져 오기에...... 그러나
애써 웃으며 글을 마친다.

내가 봉사 나가는 작은 도서관 신간 코너에서 『채소
식탁』이란 책을 보았다. 그가 간 뒤론 '혼밥'이라 늘
접시나 큰 대접에 이것저것 담아 들고 먹는 탓에 그 '한
그릇 요리 책'이 맘에 들었다. 내친김에 음식 관련 책들이
있는 서가에 가서 책들을 훑어보니 '강창래 작가'가 아픈
아내를 위해 장기간 요리를 해 준 사연들을 적은 책이
보였다. 책을 빼어 목차를 살필 새도 없이 눈물이 줄
흐른다. 나도 그를 위해 더 음식을 해 줄 수 있는데... 밥
아니, 더 한 것도 해 달라고 하면 해 줄 수 있는데...

그동안 집 안 정리는 하나도 못 했다. 그의 물건들을
정리하다 보면 버리기보다는 더 꽁꽁 싸매며 이 상자 저
상자 속에 놓는다.

코로나가 주춤해지니 밖에서 나를 부르는 일들이 많아져
나갔다 들어갔다 나름 분주하나, 해가 지고 점점 밤이
짙어질수록 그이 생각이 난다. 어쩔 수 없는 일들이니
단념하고 살지만 혼자 남아 있을 시간이 무섭기도
하다. 그래서 8, 90대 노인들에 대해 쓴 책을 자주
찾아본다—닥쳐올 시간을 위해 뭘 준비해야 되는지......
아마도 그이는 내가 웃으면서 잘 지내기를 바랄 것이다.

그이나 나나 둘 다 참 많이 사랑하고 사랑받았다. 아깝고
아깝지만... 나는 그가 큰 결심을 하곤 이 세상을 잘
떠났을 것이라 믿는다.

...
이렇게 정다운 너 하나 나 하나는
나비와 꽃송이 되어 다시 만나랴.*

* 김광섭의 시 「저녁에」에서.

임정태·이기숙

이 부부는 1950년생 동갑으로 1975년 결혼하였다.
행복하게 살다가 2022년 12월 임정태가 먼저
사망하였다.

이 책은 남편 임정태의 삶을 정리함과 동시 그를
추모하는 글로, 아내 이기숙이 적었다. 자녀와 손자들이
그를 오래오래 기억하기를 바라며.

그는 금빛날개를 타고 갔다

초판 1쇄 발행 2023년 12월 8일

지은이 임정태 이기숙
펴낸이 강수걸
편집 강나래 신지은 오해은 이선화 이소영 이혜정 김소원
디자인 권문경 조은비
펴낸곳 산지니
등록 2005년 2월 7일 제333-3370000251002005000001호
주소 부산시 해운대구 수영강변대로 140 BCC 626호
전화 051-504-7070 | 팩스 051-507-7543
홈페이지 www.sanzinibook.com
전자우편 sanzini@sanzinibook.com
블로그 http://sanzinibook.tistory.com

ISBN 979-11-6861-214-3 03810